世界青少年大奖小说丛书

我的金色人生
MITT STORSLAGNA LIV

[瑞典] 珍妮·贾格菲尔德◎著

赵清◎译

该书翻译费用得到了瑞典国家艺术委员会的资助，
特此表示感谢。

未来出版社
·西安·

著作权合同登记：陕版出图字 25-2022-059 号

©Jenny Jägerfeld 2019 by Agreement with Grand Agency, Sweden, and Andrew Nurnberg Associates International Limited, UK

图书在版编目（CIP）数据

我的金色人生 /（瑞典）珍妮·贾格菲尔德著；赵清译 . -- 西安：未来出版社，2023.1
ISBN 978-7-5417-7327-3

Ⅰ.①我… Ⅱ.①珍…②赵… Ⅲ.①儿童小说—长篇小说—瑞典—现代 Ⅳ.① I532.84

中国版本图书馆 CIP 数据核字（2022）第 114983 号

我的金色人生 ［瑞典］珍妮·贾格菲尔德◎著
WODE JINSE RENSHENG 赵清◎译

社　　　长	李桂珍
总　编　辑	陆三强
总　策　划	白海瑞　马　鑫
执行策划	王雷颖轩
丛书统筹	王雷颖轩　万红艳
责任编辑	王雷颖轩　马　鑫
封面设计	林　青
装帧设计	许　歌
排版制作	未来图文工作室
技术监制	宋宏伟
发行总监	樊　川　何华岐
出版发行	未来出版社（西安市登高路 1388 号　电话：029-89120506）
经　　销	全国各地新华书店
印　　刷	西安市建明工贸有限责任公司
开　　本	880 mm×1230 mm　1/32
印　　张	9.857
字　　数	200 千字
版　　次	2023 年 1 月第 1 版
印　　次	2023 年 1 月第 1 次印刷
书　　号	ISBN 978-7-5417-7327-3
定　　价	35.00 元

版权所有　翻印必究（如发现印装质量问题，请与出版社联系退换，电话：029-89122930）

目 录

剩余 59 天
一支有魔力的渔猎标枪 /1

剩余 58 天
等到地狱被冰封时 /7

我的僵尸眼 /13

剩余 57 天
黄瓜和豆豆软糖 /16

糟糕透顶的类型 /23

天堂和水獭标本 /26

剩余 55 天
一分钟内吃掉三根冷冻香肠 /31

鸭子变成了兔子 /34

剩余 52 天
爱因斯坦,我爱的小皮帽子 /43

剩余 51 天
身穿皮裤在胡同里投骰子 /51

剩余 49 天
一只极小的玩杂耍的小猴子 /58

报仇很美妙！ /71

剩余 48 天
请人吸烟 /74

银行里密存的一百万 /80

嗨，警察！我的花园守护精灵被偷了！ /85

剩余 45 天
一坨屎的表情符号 /88

精灵做水疗 /98

剩余 44 天
一只喝奶昔的狐狸 /103

克里勒·蛋白酥 /108

做自己就好 /111

剩余 43 天
踢我屁股一下 /116

派对水貂 /120

剩余 42 天
三文鱼思慕雪和三块金子 /123

剩余 41 天
修理狼獾屁股 /132

剩余 40 天
把球烧掉！ /137

剩余 38 天
傻瓜的香蕉 /140

剩余 36 天
又黑又胖的姆明精灵 /145

剩余 34 天
我不想爱因斯坦吃掉塔赞 /158

剩余 31 天
一切为了艺术！ /162

剩余 28 天
乌龟爬走了 /170

三个愤怒的恶魔表情符号 /176

剩余 27 天
法棍面包、臭奶酪和戴贝雷帽的男人 /183

没有精灵可以更幸福 /188

剩余 22 天
一只乌龟在自行车架上 /191

一只患阿尔兹海默症的猴子 /200

剩余 21 天
厕所里的水貂 /207

两个秘密和一只飞行的鳄鱼 /211

一根烟花棒 225

剩余 20 天
像粉红色的棉花糖一样 /228

剩余 19 天
只是伯利耶,笨蛋 /236

剩余 17 天
Bon jour 和 Auf Wiedersehen /239

剩余 16 天
要多酷有多酷 /247

剩余 14 天
对音乐感兴趣的暹罗猫寻找有幽默感的马 /255

剩余 9 天
满是肉馅的轮滑鞋 /259

剩余 8 天
灾难 /269

剩余 6 天
我毫无价值的人生 /275

剩余 5 天
怀尔德三周跳 /277

剩余 3 天
上百种方法本可以让事情不一样 /281

一只雀跃的小鸟在我胸中 /285

剩余 0 天
嗨,希格,你好! /292

尾声 /305

剩余 59 天
一支有魔力的渔猎标枪

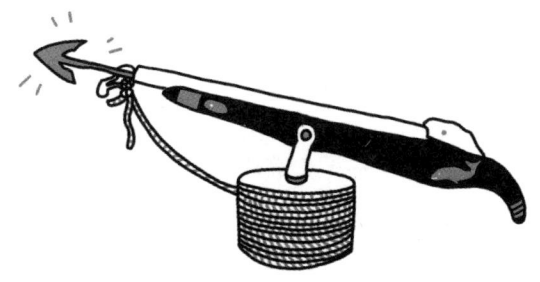

突然间！就在桌子上，在一大堆布满刮痕的盘子、旧视频光盘和衣冠不整且头发凌乱的芭比娃娃之间，有一支渔猎标枪——木质，黑漆，就是那种用来射杀鲸鱼和鱼类的工具。它外观很像猎枪，有着长长的枪筒，亮银色的不锈钢箭头从那里露出来。箭的末端固定着一根细绳，下面有一个轮子，剩下的绳子都缠在这个轮子上，这样人们射中猎物之后，就能把猎物从水里拉上来。

我原本以为来跳蚤市场这一趟会毫无意义，但事实证明,恰恰相反!

"这个多少钱?"我问。

桌子后面的男人抬起眼皮。他穿着蓝色连体工装裤,正在用一块脏兮兮的手帕擦眼镜。他把眼镜戴上之后,眼睛变得极小,像两粒浅蓝色的衬衫扣子。

"哪个?"他问,"渔猎标枪?"

"对。"

他思考了片刻。

"五百克朗[1]。"

五百克朗,这可是一大笔钱。我倒是有五百克朗,但没带在身上。我审视着渔猎标枪。猎鱼的箭在阳光下闪闪发光。我感到,我必须拥有它。这不仅是我此生见过的最好看的渔猎标枪(好吧,它也是我这辈子见过的唯一一支渔猎标枪),而且它和我的下一个发明简直就是绝配。

"亲爱的,你闲逛到这儿来了?"

我还没来得及回答,就感到一只手沉沉地落在肩头,手腕上的饰品叮当作响。来人是外婆。

"你看到什么喜欢的东西了吗?"

我冲着渔猎标枪点点头。

"漂亮!我本人刚刚买了这件大师级艺术品!"

我不情愿地将目光从渔猎标枪上挪开,转身看向外婆。

---

1 克朗:瑞典货币。

在她身边的手拉小推车上绑着一幅画。这是幅巨作,一定有厨房桌子那么大。画的内容我感觉应该是冰天雪地里的一只狐狸。这幅画不会是什么特别专业的画家画的。狐狸的身体比例都是错的,其中一只前爪像桌子腿一样粗,尾巴画得像松鼠的尾巴,尽管画的是侧像,狐狸的两只眼睛却都能看到。狐狸站在雪堆上,从一个诡异的粉红色的湖里喝水。

"噢,天呐!"我说。

"怎么样!"外婆热切地问。

"真的很……"

我在寻找合适的词。

"……独特。"

"这是布鲁诺·利赫佛斯的画!"外婆说。

穿连体工装服的男人不屑地笑了一声。

"如果这是布鲁诺·利赫佛斯的画,那我就是兹拉坦·伊布拉希莫维奇[1]。"

"哦,亲!我觉得我也许对艺术的了解比你多那么一点点。这就是布鲁诺·利赫佛斯画的。"

"那我就是伊布(兹拉坦·伊布拉希莫维奇的简称)!"男人说,"你想要个签名吗?"

外婆不理他,满意地冲着那幅画点点头,说道:"希格,你知道的,布鲁诺·利赫佛斯是瑞典最著名的动物和风景画家。"

---

[1] 兹拉坦·伊布拉希莫维奇:瑞典著名球星。

"哦,是吗?"我说。

"那只狐狸看上去像吞了一枚手雷似的,而且手雷已经在它肚子里爆炸了。"男人说。

"这是利赫佛斯的早期作品。"外婆平静地说,"卖家说,他画这幅画的时候才十六岁。他那时应该还没有学习过绘画呢。"

穿蓝色连体工装服的男人绕过桌子,走上前来,蹲在画前。

"鲁尼·利赫佛斯,这上面写着呢。"

"你瞎呀?你没看见前面那个B吗?是布鲁诺。"外婆说。

"那不是B,那是一块污渍!一只陷在颜料中动弹不得的死苍蝇或者其他类似的东西。"

"那是字母B!"

"哦,是吗?也许是,但还有一个事实,这个人名叫布鲁尼·利赫佛斯。"

"他应该是写错了,天哪!"外婆恼怒地说。

"自己的名字写错了?"

"亲爱的无所不知先生,"外婆说,"万事皆有可能,我告诉你哦,有一次我就把我的名字写错了。"

她转过身看着我笑了笑。

"不管怎么说,这幅画非常适合用来盖住墙上的洞!我是说,弹珠游戏室里那个,你的房间!"

"完美。"我说。

我伸出手,小心翼翼地抚摸渔猎标枪。木头在我的指尖下闪闪发亮。

"外婆,我能向你借五百克朗吗?我回家就还给你。"

"五百?太贵了!真是放高利贷的!你最多给他三百。"

"我站在这儿呢。"男人说,"我都听得见。"

我不太肯定"放高利贷的"是什么意思,但我知道那不是个好词。

"告诉我,"外婆紧紧盯着男人衬衫扣子般的小眼睛说,"这是一支有魔力的渔猎标枪吗?"

"嗯……不是。"

"买这个附送摩托车吗?"

男人疑惑地抬了抬眉毛。

"耶稣用过它?没有!所以嘛,给你三百。"说着外婆开始在她金光闪闪的手袋里摸索起来。

她拿出钱包,把三张百元钞票拍在堆满东西的桌子上。三张百元钞票立刻就被一阵风抓住,打着旋,飞向了空中。

"噢,天哪!"外婆喊道,我追着去捡钞票,三张钱当然飞去了三个方向。

我还是很佩服我自己的,居然能跳那么高,在空中抓住一张百元钞票。我从来都没想过我能跳这么高。我想起一个多月前在我以前的学校举办的田径比赛,我在跳高比赛中把横杆坐断了,尽管当时横杆高度只有七十厘米。我的体育老师叹气说:"我该拿你怎么办呢,希格?不要思考!只要行动!我要怎么才能把你从你的头脑中拉出来,然后再塞进你的身体里呢?"

现在我有答案了!钱!如果他们在横杆对面,在难闻的厚垫子那里挥舞着一张百元钞票,那我肯定至少能跳过一米二。

此外,"不要思考"是我这辈子得到的最糟糕的建议之一。我尝试过,但是我却完全做不到,我会忍不住去思考。

第二张百元钞票卡在一个带刺的荆棘丛里,把它取下来很简单,但第三张钞票飞走了,不见了。

"啊哈,我后悔了,给你两百。"这次付钱小风波发生后,外婆说道。

"我至少要四百克朗才行。"穿连体工装服的男人说。

"给你两百。"

"三百五十。"

"两百。"

"三百。"

"成交。"外婆说完从桌上拿起渔猎标枪递给我。

我惊讶于它如此之重,心里被幸福塞得满满的,这种感情如此强烈,眼泪忍不住流了下来。

"可你得自己去拿最后那张百元钞票。它在那边某个地方。"外婆对穿连体工装服的男人说。她朝着地平线轻轻挥了下戴满戒指的手。

剩余 58 天
等到地狱被冰封时

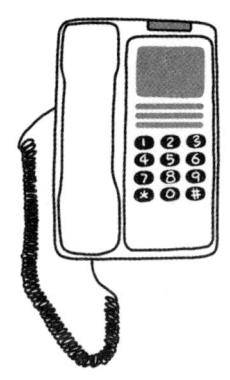

"你必须剪一下你的刘海儿。"妈妈说。

"不,我不需要。"

"我仲夏节[1]给你拍的每一张照片上,你的头发都垂下来挡住了整张脸,完全没办法看到你长什么样子!"

"你知道我长什么样吧?"

我坐在地板上,把手指伸进爱因斯坦柔软的皮毛里。我轻轻地抓它的耳后,看着它享受地闭上眼睛,头向后仰,黑

---

1 仲夏节:北欧国家的传统节日,每年 6 月 24 日后举行。

色的鼻头向上朝着空中,就好像它是一匹要仰天长啸的狼。

"你的眼睛都看不见了!"妈妈抱怨说。

这里她有一个技术性错误。她应该说"你的一只眼睛看不见了"。我的另外一只眼睛还是很容易被看见的。我是斜刘海儿,只能挡住一只眼。

妈妈在围裙上擦了擦手,试着换了柔和些的声音。

"你的眼睛那么漂亮。"

"嗯。"

"那让别人看看它们不行吗?"

"也就是说,如果我眼睛长得难看,你就不会烦我了?"

突然,厨房的门开了,外婆走了进来。她身穿一件银色的连衣裤,嘴角叼着一根香烟,腋下夹着一只黄鼠狼标本。她环顾四周,好像在找什么东西,她把黄鼠狼放在厨房操作台上。

"求求你,求求你,求求你沙洛特,"妈妈做了一个恶心的鬼脸说,"你一定要在我做饭的时候把长满疮的动物放在这儿吗?"

"镇定,亲爱的!我只是来拿缝纫的东西,你见过吗?"

外婆把烟蒂扔进水槽,打开橱柜。

"没有,那些东西似乎也不应该在这儿。"

"巴普洛夫头上开线了。我需要牛仔线或者其他什么强力线,也许是某种金属线。你在杂货店买的缝纫线没有达到我的预期。"

外婆像一把折叠小刀一样弯下腰,打开了一个橱柜,她在那里翻找起来。我觉得,她蹲不下去,至少我从没见过她蹲下去过。

"好吧,对不起了。"妈妈恼火地说。

"这不是批评,亲爱的,这只是反馈信息。"

我走到黄鼠狼巴普洛夫前,小心翼翼地摸了摸它的脑袋,灰白色的、软绵绵的填充绒露了出来,就好像它的头是绒毛做的。妈妈一边继续用快速的、恼怒的动作切着洋葱,一边说道:"不管怎么说,我已经预约了明天剪头发的时间。"

"你可以取消预约,"我说,"因为我不打算剪头发。"

爱因斯坦固执地用它湿漉漉的鼻子拱我的胳膊,示意我继续抚弄它。

"他为什么要剪头发?"外婆问。

"因为他的脸看不见了。"

"为什么有人想要看他的脸?"

外婆冲我微笑着,捏了一下我的脸颊。"开个玩笑,亲爱的,你那么聪明肯定知道是个玩笑。你的脸太令人着迷了,应该被印在邮票上。"

"不管什么情况,希格,你的时间是明天下午两点。在市中心一个理发店。好妈妈,你能陪他去一趟吗?我明天有一个工作面试。"

"叫我沙洛特,谢谢。"

"好沙洛特,"妈妈掐着嗓子说,"你能陪他去吗?"

外婆既不愿被人叫"妈妈",也不愿被人叫"外婆"。她说,作为人,她不想被缩小定义的范围。在我们搬进她的房子前两三个月,她突然有了这个念头,因此还没有人适应得过来。我不太确定她到底是什么意思,但她认为,"妈妈"和"外婆"都带有一种她无法产生认同感的弦外之音。在这些词语中,有一种隐含的期待,就是她要照顾我们,而这是她不愿意的。她说,她并不是不愿意照顾我们。她愿意——偶尔。只是她不想这成为一种理所当然。

她的名字是用英文发音来读的——沙洛特。外婆有一半英国血统,四分之一德国血统和四分之一挪威血统。纯疯癫,妈妈经常补充说。不过外婆强调说,串种的动物比近亲繁殖的要聪明很多。不管怎么说,这对我来说没有坏处。我有二分之一澳大利亚血统,四分之一瑞典、八分之一英国、十六分之一德国、十六分之一挪威血统。不过,老实说,我觉得我自己主要还是瑞典人。

"他应该可以自己去理发店吧,他十二岁了。"外婆说。

"我知道他可以自己去,但问题是他不肯自己去呀,因为他根本就不想剪头发。"

"没错,不过汉娜,那我就真的不明白了,你为什么要预约理发时间呢？"

"我觉得，不去训练他使用视力差的那只眼睛，对他没有好处！"

"噢，亲爱的。我并不知道，有人会对头发有如此深的感情。"

突然，电话响了，一个红色的旧的塑料家伙，带着长长的卷曲的电线，被固定在客厅的墙上。

"你被电话给救了。"外婆冲我使了个眼色，然后更换成她职业的声音："布莱克皇家金色大饭店。我是沙洛特。"

外婆沉默了一会儿，点头、聆听。

"没有，很遗憾。我真的很抱歉，但现在的情况是宾馆客房全满了，整个夏天，每个房间。对，希望您能找到其他合适的地方。感谢您对我们布莱克皇家金色大饭店的厚爱！再见。"

她把听筒挂在墙上。

"布莱克皇家金色大饭店，真的叫这个名字吗？"

"是的，没错。前一段时间我换名字了。布莱克宾馆听起来让人有种无法忍受的乏味。"

"这里是斯卡布莱克唯一的宾馆。"

"一点儿都没错！"外婆满意地说，"因此也是最大、最豪华的。"

妈妈翻了个白眼儿，把案板上的洋葱倒进煎锅里。锅里立刻呲呲响了起来。

"不过,"外婆说,"我可以给他理发,要是你真的觉得这件事那么重要的话。省点儿钱吧你。"

"嗯,这是个不错的主意。"妈妈对所有省钱的事情都充满热情,"但你觉得你会理发吗?"

"当然会了。我每个夏天都给爱因斯坦剪毛,这不难。让你安安静静地坐着应该更简单一些,对不对,希格?理完发,如果你愿意,我也可以给你狗粮吃。"

"希格,亲爱的?"妈妈祈求地看着我说。

"等到地狱冰封时。"我说,因为我在一部电影里听到过这句话。它的意思是,绝不、永不。

我的僵尸眼

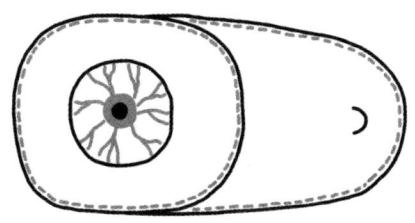

没错,我有一只眼睛视力不好。我斜视。这意味着,有一只眼睛看起来总是在瞧我自己的鼻子,虽然我并不想这样。我小的时候,做过干预治疗,视力好的那只眼睛被贴上一块布,这样是为了训练视力不好的那一只。否则好眼睛就有可能全面担负起看东西的职责,大脑就会渐渐摒弃弱视的那只眼睛,我就会变成独眼龙,这种风险是存在的。或者说,我仍然有两只眼睛,但是其中一只眼毫无用处,几乎看不见东西。

我痛恨视力检查，我痛恨那块遮眼布，每次更换时，感觉它都要把我整条眉毛给一同撕下来。

遮眼布是奶黄色的，类似肤色，就像一块创可贴一样。这真是愚蠢到家了。一方面是因为我并不是黄皮肤，另一方面是它根本不会和皮肤融为一体。人们只会说：啊哈？这里没有眼睛！我觉得，看起来就是这样的！

有一个周末，外婆负责帮忙照看我，这时，我请求她帮我在遮眼布上画上一只眼。我希望这样遮眼布看起来就不那么显眼。外婆把这个任务当真了，把外公一堆小颜料罐都拿了出来。那是他用来给他心爱的铁路模型旁的小房子和里面的塑料小人儿上色用的，现在都被放在地下室的储藏间里。

不得不说，外婆发挥了相当大的艺术自由。她在布上面画了一只僵尸眼。一只像乒乓球一样圆圆的眼睛，好像马上就要从眼眶里掉出来似的，不知道你们是否能明白我的意思。看上去只有一丝丝红色的血肉把它留在了眼眶里。她把虹膜画成了和我眼睛一样，深绿色，旁边是金棕色的一圈。但是围绕着虹膜，她还画了很多红线，就像眼睛充血一样。尽管她画的眼睛和我想象的不太一样，但我还是很喜欢。我之所以能这么清楚地记起它的样子，那是因为幼儿园的毕业照是在有了它之后的周一拍摄的。妈妈不太满意，但外婆很满意。她购买的照片不计其数，而且还买了一大堆贴纸和冰箱贴，她把这些都送给了亲戚朋友，美其名曰圣诞礼物。我们在斯德哥尔摩的公寓里也有一个这样的冰箱贴。外婆在斯卡布莱克的冰箱上有三块这样的冰箱贴，在客厅还有一个镶在镜框里的大照片。她觉得，这是我到目前为止最棒的照片。

只有一件事是我痛恨至极，甚至超过遮眼布的，那就是我现在仍然斜视。我戴上眼镜时就不斜视，可能只有一点点吧。但问题是，我的眼镜巨丑无比，镜框是灰褐色塑料的，镜片和瓶子底一样厚，而且把我的眼睛无限放大。我戴着眼镜看起来就像个小黄人[1]。对不起，开个玩笑，我说起斜视的时候经常这样，但其实我很想哭。因为……你们想知道一个秘密吗？我其实很想从事电视工作。我想做主播，例如动物医院节目的主播。或者，我更想做某个有关发明创造之类节目的主播。也许是孩子们带着有趣的机器或者有关应用程序的新点子来到节目里，然后在节目里实现这些想法。可是，你们见过一只眼睛斜视的主播吗？没有，你们没见过，因为他们是不会在电视台获得工作的。他们可以去从事广播工作，或者到某个见鬼的仓库里去，那里不需要他们露面。这就是为什么我会让刘海儿一直不停地长，长到盖住眼睛。我宁愿用斧头砍掉一条腿，也不愿剪掉刘海儿。

---

1 小黄人：出自美国动画电影《神偷奶爸》及其相关衍生作品中的角色。

剩余 57 天
黄瓜和豆豆软糖

外婆在超市外拿了一辆购物车，把波波放进去。波波不喜欢坐在为小孩子专门准备的座位上，她喜欢坐在放物品的地方。外婆跑了几步，整个身体趴在购物车上，双脚离地。然后，她们就滑进了超市里。波波放声大笑。我走在她们后面觉得有一丝丝尴尬。但我在这里一个人都不认识，至少现在不认识。可外婆认识，或者说，至少她和每一个路过的人都打招呼。一些人回应她，另外一些只是盯着她看。我看见他们交头接耳议论纷纷，但外婆不当回事儿。

"这世上只有一件事比人们谈论你更糟糕,那就是他们不谈论你。"外婆说。

只要你见过外婆,就会记住她。她看起来不太像一个六十五岁的老太太。今天,她穿着黑色紧身皮裤、绿色高跟鞋和银色亮片收腰短夹克。银灰色的长发,至少五个叮当作响的金项链和鲜艳的红色口红。

"啊哈,"当外婆双脚再次接触地面时说道,"我们需要什么?"

波波指着草莓。

"草莓,我们必须买。"外婆说。

波波又指着一个深绿色的西瓜,那西瓜几乎和水球一样大。

"西瓜,我们必须买。"外婆说着把它放进了购物车里。它咚的一声闷响落在了波波的两腿之间。

我喜欢和外婆一起购物。我们大家都喜欢,玛伊肯和波波也喜欢。因此我们总是跟着她一起去超市。玛伊肯已经在超市里跑得没影儿了,她肯定能赢得"瑞典急躁比赛"的大奖。她很可能站在散装糖果柜台那里吃她在地上捡到的糖果。她通常都会这么做。正如她所言:"它们反正也会被扔掉的呀!"这种所作所为会让妈妈疯掉,但外婆似乎不当一回事儿。

有一个原因让我特别喜爱和外婆一起出去购物,那就是她购物之前从来不列清单。她只是去买她觉得要买的东西。

妈妈总是列出一张非常详细的清单。那些因为价格太高就不买的东西,她会用括号括起来。根本不可能说服妈妈买下清单上没有的东西,特别是现在——她没有工作的时候。和外婆一起时,甚至都不需要征求她的同意,只要把东西放进购物车就可以了。只要这东西不含过多类似E-314这种名称的添加剂,她就会买下来。

我以前当然也来过这家超市,但那时我们只是来看望外婆的客人。现在我们要住在这里,未来我们会经常在这家店购物。当我想到能吃到所有好吃的,我的口水差点儿流出来。

我在搬家的好处清单上又添上一条。1.自己的房间。2.想吃什么买什么。但最重要的是这一点:3.重新开始。

我们搬到斯卡布莱克意味着我可以"重启"我自己,成为一个新的人。我的计划是,我要变得受欢迎,无与伦比地受欢迎。我想要人们在我经过的时候尖叫、晕厥,我想要写自传,我想要人们拉着我自拍,然后咻咻笑着跑开。我想要成为像坎耶·维斯特[1]或者碧昂丝[2]一样的人。好吧,也许这有点儿太乐观了。更现实一点儿的希望是,我想要能够和别人交谈,而他们不会像看怪胎一样看我。我想要大家在体育课上选我参加他们那一队。我想要说话的时候有人聆听,想要在食堂吃饭时有人坐在我旁边。

在斯德哥尔摩并不是我想象的那样。但不管怎么说,我

1,2 坎耶·维斯特,碧昂丝:美国著名歌手。

还是有一个朋友的，瓦尔特，但他不是很愿意听我说什么。我们偶尔放学时一起回家，时不时通过短信联系一下，周末我们只见过一两次面。但如果我实话实说，那我觉得，他和我在一起并不是因为他觉得我是一个很棒的人愿意和我相处，而是因为他没有别人可以交往。妈妈总是说，我是"一个独一无二的人"，我"与众不同"，很"特别"。不过，其实这只是"奇怪"的委婉说法。

我有不多不少六十天的时间可以改头换面，变成一个全新的人。准确地说现在还有五十七天，然后暑假就结束了，我就要开始在新学校的生活了——莫斯陶普学校。想要在五十七天内改变人生并不容易，但也并非全无可能。如果一个人能登上月球，那他一定会很受欢迎的，不是吗？

我们还没来得及走完蔬菜柜台，波波就已经淹没在外婆放进车里的西瓜、生菜、玉米和盒装草莓里啦。

"黄瓜！"波波急切地指着一座小山一样的一堆黄瓜高声喊道。

波波酷爱黄瓜，这也是她会说的为数不多的几个词之一。对于一个十二月就要过四岁生日的孩子来说，这也许并不是很好，但每次只要从她嘴里蹦出几个词，我们都会很高兴。波波爱黄瓜胜过这世间的一切。嗯，不对，她最爱的是妈妈、玛伊肯和我，然后就一定是黄瓜了。有时我觉得，她爱黄瓜胜过自己的爸爸。

波波和玛伊肯与我不是同一个爸爸。他叫斯维德里克，尽管他对孩子们的生活参与度比我爸爸高不少（因为我见过我爸爸零次），但是他也不能被选为"年度爸爸"。斯维德里克很和善、乐观，会给人一个大大的拥抱，但是他似乎不是行动派。比如说找工作这类事情，他就会觉得非常困难，甚至刷碗也是。还有打扫房间、做饭、采购和给波波换尿布，就连从沙发上起身去学校接玛伊肯和去幼儿园接波波都是如此。最后，妈妈受不了他了。因为所有的事情似乎都要她一个人来做。她说，她好像四个孩子的妈妈，只是其中一个长胡子、喝啤酒。于是她想要结束关系。我觉得这挺好的。但是，我们住的公寓似乎是斯维德里克的，妈妈也没钱给我们搞到新的公寓。如果你的职业是护师，同时还带着三个孩子、一条巨型大狗、两只名叫塔赞和弗拉瑟的豚鼠以及一只乌龟，很显然银行并不愿意借多少钱给你。"尽管我这一生都在按时归还所有利息！"妈妈失望地喊道。

于是，我们搬家了。搬到北雪平[1]外这个闭塞的小镇斯卡布莱克外婆的黄色大房子里。这里所有的人都……嗯……怎么说呢，讲话有点儿特别，是东约特兰口音。我不知道该怎么模仿这种口音，比如，外婆的发音中 L 这个字母就很含混，就好像她是大舌头一样。这应该是斯卡布莱克唯一的缺点。还有一个就是他们这里有一个巨大的造纸厂，这使得镇

---

[1] 北雪平：瑞典东部波罗的海沿岸港口城市。

子里有时会弥漫着一股大粪的气味。

当我们来到糖果区,玛伊肯果然就在那里。但她并没有吃糖果,我们看到,她把一个小盒子里的东西倒进其中一个透明糖果盒里。

"你干什么呢?"我问。

玛伊肯转过身看着我们。她长满雀斑的小脸高兴得直发光。她试图小声说话,但是却做不到。她的声音似乎就不是为说悄悄话而生的。

"我在恶作剧!"

"噢,是吗!"外婆感兴趣地说,"什么恶作剧呀?"

玛伊肯咻咻笑了起来,把小盒子拿到我们面前给我们看上面的字:比比多味豆。

"天哪,玛伊肯!"我说。

"我把比比多味豆倒进盛豆豆软糖的盒子里!"她说。

"那是什么东西?"外婆伸手去拿玛伊肯手里的糖盒子。

"比比多味豆出自《哈利·波特》,它拥有这世上所有的味道!一粒绿色的豆子可以是鼻涕味的,也可以是苹果味的,就看你拿到的是什么了,你永远不知道是哪一种味道。它们看起来都一样。有时它们的味道像蚯蚓、耳屎或者呕吐物,但有时你比较走运,那你就会拿到一粒柠檬味的豆子!我在斯德哥尔摩的一个朋友给我的。她在伦敦的哈利·波特博物馆买的!"

"噢,亲爱的,耳屎和呕吐物,听起来有点儿倒胃口。"外婆说完把盒子递还给玛伊肯。

"我知道不好吃呀!所以我才会把它们倒进糖果盒里呀!"玛伊肯说。

"你这么做可能会让我吃到它们。"我说,"我喜欢吃豆豆软糖。你就不能把那些恶心的口味挑出来么?"

"这一盒是我自己的糖,我想怎样就怎样!"

"你这样很讨厌。"我气恼地说。

"完全没必要为此争吵,"外婆说,"我可以重新买一盒给你,希格。"

我们看着那个装到透明盒子上沿的、满满一大盒七彩颜色的糖。我走到盒子前,打开盖子,用塑料铲在盒子里轻轻拨弄了两下,这才发现,完全没办法把玛伊肯倒进去的多味豆和豆豆软糖区分开来。

"我也许可以换一种糖果吧?"我满怀希望地抬头看着外婆。

"来吧,亲爱的。"外婆说着朝糖果商品架鼓励地点点头,虽然今天根本不是星期六[1]。

我和玛伊肯疯狂了!我俩每人肯定都取了足足一斤糖果。不过波波好像对她的黄瓜更满意。

正如我前面说过的,我们喜欢和外婆一起购物!

---

1 星期六:瑞典小孩子现在根据牙科医生建议,一周集中一天吃糖,可以吃很多,一般是周六,其他时间父母不允许他们吃糖。

糟糕透顶的类型

妈妈当年还是背包族,一次她在环游澳大利亚和新西兰时遇到了我的生父。背包族的意思就是,背着一个大背包环游世界的人。他们不会住奢侈的酒店,多数情况下他们都住在有臭虫的青年旅社里。

妈妈在一个名叫袋鼠岛的餐厅做服务员,她在那里遇到了爸爸。他是厨师。她一见钟情,坠入爱河。他一头卷发垂在肩头,还有一双她此生见过的最美的眼睛。她说,就和我的眼睛一模一样。

他们在一起整七周时间,然后妈妈就不得不回瑞典了。她前脚刚下飞机,后脚就开始呕吐,而且狂吐不止,像喷泉一样直接涌出来。她一开始以为是肠胃病,但在连续几天呕吐之后,她意识到,她怀孕了,怀上了我!尽管她当时只有二十岁,但她很清楚,她想要留下我,虽然她的朋友们都没有孩子。

除了我爸爸的头发和眼睛长什么样子,我还知道有关他的五点信息。第一,他名叫乔纳森·泰勒。第二,他是糟糕透顶的那种类型(妈妈没直接对我说过,但我听过她给他打电话。)第三,他舌头上穿着一个环,从上面看像一块蓝色的糖果,从下面看像一个圆圆的金属珠子。第四,他个头不高。第五,有一天餐厅关门之后,他给妈妈做了一顿无比精致的晚餐。她坐在能观海的平台上,在随风摇曳的黄色、红色和蓝色的灯笼之间,他给她做了她此生吃过的最美味的鸡(在她成为素食主义者之前),甜品是苹果派,他在上面写了她的名字"汉娜",苹果派里面和四周都是心形的苹果块。这样看来,他应该也是相当爱她的。

我知道,爸爸知道我的存在,但他对我从来都不感兴趣,不想认识我。现在,他住在地球的另一个半球,所以我们不可能每隔一周见面一次,但也许我们可以视频聊天、发邮件什么的。但他从没这么做过。妈妈觉得,我不应该介意此事。她说,她的爱足够了,甚至还会多出来。她能给我父母两个人的爱，甚至更多。

我的老师说过：一个人不会想念他从未拥有过的人或物。老师说，她成长过程中没有妈妈，因为她的妈妈在她还在襁褓中时就去世了。但我的直觉告诉我不是这样的。我曾经很想念我爸爸，或者，也许并不是我的爸爸，因为我并不知道他是个什么样的人（除了那五条信息以外）。但不管怎么说，我很想念一个爸爸。没错，斯维德里克确实存在，但那不是一回事儿。我们没有一样的眼睛，我们没有一丁点儿相似之处。

也许我是错的，但有时我会想，如果我的生命中有一个爸爸，那我是不是就不会有交友方面的问题？就不会觉得自己这么奇怪？不觉得自己这么有毛病？也许他能教我应该怎么做？也许吧。

天堂和水獭标本

尽管妈妈说过，搬到外婆家住只是救急的临时方案，但我却觉得，这里简直就是天堂！对动物们来说也是如此。爱因斯坦可以更自由地活动，塔赞和弗拉瑟也有了更大的笼子，而乌龟卡罗琳娜可以待在户外，那是外婆特意给它圈出来的一块地，在我们搬来之前刚刚做好围栏。这块地有两平方米大，没有铺地板，这样卡罗琳娜的小乌龟脚就可以直接踩在草地上啦。

我可以相当肯定，玛伊肯和波波也会同意搬家是件好事，虽然她们并不像我一样在斯德哥尔摩度日如年。除了我们想要什么好吃的，外婆就会把这些东西统统买回家以外，我们所有人都非常满意自己能有单独的房间。在斯德哥尔摩，波波与妈妈和斯维德里克住一间，我和玛伊肯住一间。我们还共用一个书架，这我很不喜欢。玛伊肯八岁，比我小四岁。此外，她还总是把朋友带到家里来，简直没法想象和她同住一个房间。玛伊肯说话声音大得恐怖，她在斯德哥尔摩的好朋友也是如此。不过我倒是觉得，这是因为他们想要盖过玛伊肯的声音。当我单独见到她的同学时，他们说话声音都很正常。

玛伊肯小的时候，妈妈曾经带她去看过医生，因为幼儿园的老师觉得她有点儿耳聋，她不仅说话声音奇高无比，而且她似乎听别人说话也有困难。但在检测之后，医生说玛伊肯的听力和鲸鱼一样好。鲸鱼能够很清晰地听到大西洋另一侧的声音。我觉得，医生也许有点儿夸张，但玛伊肯能够听到装面包的塑料袋发出的簌簌声，即使她人在几个房间之外也没问题。这是她的超能力。玛伊肯自己说："通常都是老师批评我的时候，我才会听不太清。"

如果说玛伊肯的声音是穿透骨髓的，那波波则恰恰相反，她几乎不说话。她只会说三四十个词。她最常说的是：黄瓜、嗨嗨、不不、妈妈、希格、玛伊（意思是玛伊肯）、好了（她在上完厕所时会大声喊）。而且她还会说很多动物的名称,这是她最感兴趣的。哦,当然除了黄瓜之外。尽管她会说的话不多,但她似乎对生活很满意。不过妈妈就不太满意了。她为波波的"发育迟缓"感到担心。

在斯德哥尔摩,波波去一个语言治疗师那里就诊,她觉得非常有意思。因为那个治疗师有很多天鹅绒做的大字母,就像毛绒玩具一样,有眼睛、嘴巴。而且治疗师会发出很多有意思的声音。她一定是想让波波模仿这些声音,但波波并不模仿。不过,波波好像能听懂所有人对她说的话。在说话这方面,我是家中唯一正常的孩子。无论如何,能在一个领域做正常人的感觉还不错。

好吧,我跑题了。自从外公三四年前去世之后,外婆就把房子改造成一个小旅馆,名叫布莱克皇家金色大饭店。她主要出租房间给德国游客,但是我们搬进来之后,她就不得不关闭了旅馆业务。

留下来的唯一一位住客名叫克里勒·蛋白酥,但他自己收拾床铺,自己做早餐。克里勒·蛋白酥高得吓人,也瘦得吓人,总是穿着很有品位的衣服,他酷爱聊他的电影创意。每次看到他,他都会有新的想法。所有的想法都……我该怎么说呢……很特别。他讲给我听的最开始的四十七次,我是相当感兴趣的。老实说,现在我有点儿听厌了。很可惜,人们要礼貌待人才行。妈妈就不那么礼貌。她直接打断他说:"克里勒,别说了。"我本人总是找一个借口,例如:"我必须……哦,叠衣服。"但这只会导致我站在那儿叠衣服,而克里勒·蛋白酥站在旁边吧啦吧啦说个不停。很显然,我必须要找到其他办法才行。

外婆把所有的房间都装修成上世纪五十年代的风格。那是外婆小时候的一种风格。在波波的房间里有一个自动投币点唱机,那是一个放进去一枚硬币就可以播放唱片的机器。有点儿像网络音乐播放器,不过那里面都是真正的黑胶唱片,而且只能播放五六十年代的歌曲。在玛伊肯的房间里有一台老式可口可乐自动售卖机,不过眼下它是空的。但是上周六,玛伊肯卖了五瓶真正的玻璃瓶装可口可乐,把它们放进了机器里。我和波波分一瓶,而剩下的四瓶都被玛伊肯喝掉了,然后她整个下午都在打嗝。你们或许能猜到,玛伊肯就连打嗝声音也特别响。

我的房间里的东西是最好的———一台弹珠游戏机!是那种小型台式的,我爱它!每玩一次需要投币一克朗,但是需要以前的克朗硬币。外婆在游戏机旁边放了一个盛放硬币的罐子,那里的硬币可以随时取用。罐子里的硬币用完了,就打开游戏机最下面的一个小窗口,然后把游戏机里的硬币都倒出来,重新放进罐子里。你们明白吗?这真的就像来到了天堂!

妈妈肯定不觉得像到了天堂。除了妈妈讨厌每天萦绕在外婆周围的浅灰色的香烟烟雾外,她还觉得,外婆的东西太多了。妈妈觉得最碍眼的几样东西是：电动轮椅（外公过世前用的）、一尊心宽体胖的绿色大理石佛像、钟表（每个房间至少一个，每到整点都会演奏一段音乐报时），还有好多堆得一米多高的书。但是所有的东西中她最受不了的还要数在整栋房子里无所不在的动物标本：狐狸、乌鸦、兔子、狼獾、黄鼠狼、松鼠、水貂，无所不有！外婆甚至还有一匹斑马，放在客厅的红色波斯地毯上，通往二楼的楼梯旁。她通常会把衣服、帽子和爱因斯坦的狗链放在上面。外婆热衷于收集动物标本。有时我会感觉有人在监视我，当我转过身，就会看到五斗柜上的水獭标本瞪着眼睛和我对视。

但是我知道，妈妈觉得有一件事还是很不错的，那就是我们可以白住，不花钱。但她很坚定地说，这只是暂时的，直到她找到工作，我们找到一套公寓。我希望这个时间能拖很久、很久。

剩余55天
一分钟内吃掉三根冷冻香肠

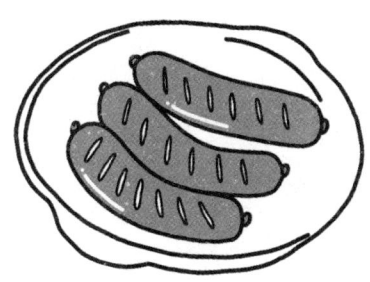

我们来到这里整整十五天了,玛伊肯已经有了一个新朋友。我真的不明白她是怎么做到的。在我印象里,这种事对我来说从不曾这么简单,但是玛伊肯好像对交流有一种独特的感觉。她怎么做到的呢?因为她并不是一个单纯的让人感觉如沐春风的人呀,老实说,她其实相当高傲。就拿今天早晨举个例子吧,她只是站在信箱旁嚼着口香糖发呆,就有一个穿着羊毛质地浣熊连体服的男孩凑上前来,这套连体服一定热极了,因为现在阴凉地的气温都得有二十七度左右,然后他们开始交谈。而现在,他们在一起玩儿了!或者说,他们一起在院子里又跑又叫。

那时,我坐在丁香凉亭下(那里像院子里的一个小房间,四周包围着丁香花丛)画我的渔猎标枪发明,所以我能把他们所说的话一字不漏地听到。我身体里那个科研人员的本我意识到了做记录的重要性,以便日后系统地思考并能够仔细地进行分析。

浣熊男(我对穿浣熊连体服男孩的简称):"你好。"

玛伊肯:"你好。"

浣熊男:"你干啥呢?"

玛伊肯:"我站在这儿呢。"

沉默。

浣熊男:"你为什么说话声音那么大?"

玛伊肯:"你为什么说话声音那么小?"

沉默。

浣熊男:"我可以在我家的垫子上翻跟头。"

玛伊肯:"是吗?我可以在一分钟内吃掉三根冷冻香肠。"

沉默。

浣熊男:"可以让我看看吗?"

玛伊肯:"好吧。"

然后他们就一起跑开了。

我的分析:一开始他们相互问好,然后他们谈论他们说话的方式（玛伊肯声音大，浣熊男声音小），然后他们每人说了一件自己会做的事情（在垫子上翻跟头和快速吃下冷冻香肠），然后浣熊男就说：可以让我看看吗？这句话创造了他们一起跑开的契机。

谈论一个人能做什么……也许这是一种交流的方式？"嗨，你好，我会滑轮滑！"这是一个聪明的开场白吗？或者说，只有小孩子才这么做？

天哪，为什么这么难！

鸭子变成了兔子

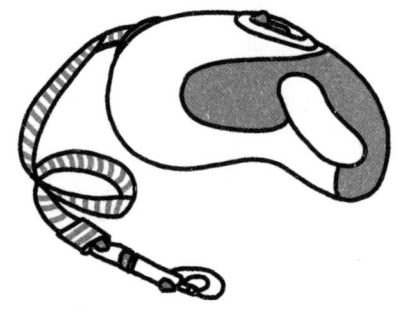

"你好呀……"

我的目光从速写板上抬起来。克里勒·蛋白酥穿着浅灰色的西服上衣和同色系的裤子站在那里。他手里也拿着一个笔记本和一根铅笔。他用笔尖挠挠头。我很想知道,他的发根会不会变灰。不过就算如此也看不出来,他的头发本来就很灰,但是梳得一丝不苟,中间有一条完美的发缝,就像他用直尺量着梳成的一样。

"哦……希格,你全名是希格瓦德还是希格尔德?"

"都不是，就是希格。"

"只是希格吗？好奇怪。"

"……不是很奇怪吧。"

"你是说，只是希格。"

"对。"

"哦，是吗。"

好吧，这种交谈不会引出任何后续内容。我又低下头去看速写板，我很满意，图看上去画得很不错。我给我改造后的渔猎标枪画了一张特写，同时还有一系列标有数字的小图来解释它应该如何使用。也许这会成为我第一个"有效发明"！我以前当然也有过一些发明，但是都是很简单的小东西，很幼稚，不像这个！

我的想法是，我可以用两三根绳子把这个渔猎标枪绑在腰间，带着它滑轮滑。然后，我把标枪，也就是那个箭一样的东西射到树上。在箭的一端先用一根绳子固定好，我会用爱因斯坦的伸缩遛狗绳来做固定。伸缩遛狗绳由一个线盒和一根卷起来的绳子构成，它的设计原理是，如果爱因斯坦突然很快地跑开，那么绳子就会被拉长。线盒上有一档可以将绳子固定，这时候绳子就既不能拉长，也不能缩短了。但是，只要一按盒子上那个按钮，绳子就会闪电一般卷回线盒里。因为爱因斯坦又大又壮（它有55公斤重！），它用的绳子也非常结实，这对我的发明很好。

我会把线盒固定在渔猎标枪上。当捕鱼的箭射进一棵树里之后,绳子就会从线盒里嗖的一声飞出去。这时,只要按下按钮,线就又会快速收回盒子里,这样我就可以被绳子拉着毫不费力地冲向那棵树了!这可以帮助我上坡和走过枯燥的长距离路程。我就是一个天才!在经过反反复复的思考后,我决定把这个发明命名为"麻雀之箭"。这是因为,在使用这个装置时,我的感觉应该就像鸟儿在飞一样。

"沙洛特去哪儿了?"克里勒·蛋白酥问。

"她在棚屋里。"

我指着工具小屋说,从那里传出沉闷的声响,就像有什么重物在刮擦木板地面的声音。

"哦,是吗?"

"对。"

就在这时,棚屋的门开了,一扇旧白漆木门被挪了出来。我看见外婆的手和她长长的玫红色指甲,但身体的其他部位都被那扇门挡得严严实实的。然后,她突然松开手,门"嘭"的一声倒在地上,尘土和木屑飞扬起来。外婆身穿一件低领的浅蓝色花边装饰套头衫和一条亮闪闪的斑马纹紧身裤。她的确知道如何加入交谈。

"早晨好啊,克里勒!我还有十分钟就好了!坐下来给希格讲讲你的精彩人生吧。"

哦,不。我闭上眼,眼珠在眼皮下翻了个白眼。睁眼时我从不翻白眼,我不想让别人看见后不适。

克里勒·蛋白酥原地跺了几下脚,然后在我对面的椅子上坐下来。一丛枯萎的淡紫色丁香花衬在他背后,就像扣在他头上的一顶贝雷帽似的。他用手抹去了桌子上的一些花粉。

"我想出一个无与伦比的电影情节。"他说。

"是吗。"

"你想听吗?"

我想说"最好不听",但感觉这样不礼貌。

"好吧。"

他的眼睛一下子明媚了起来。

"好极了!嗯,这个故事的主人公我给取名叫巴兹尔·霍林赫斯特。"

突然间,波波摇摇晃晃走了过来。

"嗨嗨。"她含混不清地说,然后爬到长凳上,坐在我身边。

克里勒·蛋白酥继续说:"巴兹尔·霍林赫斯特住在伦敦,是全英国最重要的新闻节目的主播。他是新闻主播。"

"鸭子[1]?"波波好奇地问。

"不是,波波,新闻主播。"克里勒说,"他是一档电视新闻节目中最重要的人之一,由他来播报新闻稿,他是所有

---

1 鸭子:瑞典语新闻主播和鸭子两个词有相近之处,这里表示小朋友词汇量少没有听清。

人都认识的那一个,我的意思是观众都认识的那个人。但是,最重要的是,他能带给节目公信力和影响力。"

波波睁大眼睛看着克里勒·蛋白酥。

"是一个在电视台工作的人。"我解释说。

"鸭子。"波波说。

"差不多吧。"我说完低头看我的画,擦掉轮滑鞋上的两个轮子,重新开始画。

波波拿起一支笔,想要在我的纸上画画。

"不行,波波,这是我的。给你张新的纸。"

我从本子上撕下一张纸给她。波波看起来不太满意,但还是接受了我的安排,开始画了起来。一个大大的圆圈,长了眼睛和手,手指不规则地伸向各个方向。克里勒·蛋白酥继续往下讲。

"巴兹尔·霍林赫斯特是一个受人尊敬的人,严谨、严肃,社会栋梁。"

我抬起头。克里勒·蛋白酥的眼睛闪闪发光。

"他从没做过任何蠢事,他从没卷入过任何绯闻,在报纸上也从没出现过他的负面消息。他不喝酒,不抽烟。"

"听起来像是个极其无聊的人!"外婆说道,她显然已经干完了手里的活儿。

她坐在克里勒·蛋白酥身边,点上应该是今天早晨的第七根烟。我当然不能完全肯定,但至少烟灰缸里躺着六个烟蒂,而她总是会在晚上把烟蒂都倒掉。

"我在给希格讲我的电影构思。"克里勒解释说。

"噢,别被我搅和了。你继续。"

"要我从头讲一遍吗?"

"不用,不用,真的不需要!"外婆赶紧说。

"你确定?好吧,不管怎么说。夜晚……"

克里勒·蛋白酥站起来,伸展手臂。他的声音也变得非常戏剧化。

"巴兹尔·霍林赫斯特开始了另一种生活!他出去约会美丽的女士!向一个又一个美女献殷勤。邀请她们吃晚餐,看戏剧,听歌剧。他异常受欢迎。"

突然,我开始感兴趣起来。

"是吗,"我说,"他为什么那么受欢迎?"

"嗯,你看,"克里勒说,"他很绅士,也很有钱,特别迷人。"

在草稿图旁,我记下来:绅士、有钱、迷人。

"但是巴兹尔·霍林赫斯特在说谎!"克里勒说,"他承诺给女士们奢侈的生活。灯红酒绿、纸醉金迷!昂贵的旅行、首饰和汽车。他同时交往三位女性,而且她们恰巧都是外科医生,但她们不知道彼此的存在。"

"袋鼠[1]。"波波说。

---

1 袋鼠:瑞典语里袋鼠和医生发音相似。

"不,不是袋鼠,"我说,"是医生,如果有人受伤了,她就可以给他们做手术。"

克里勒·蛋白酥竖起一根细长的食指指向天空。

"听我说!巴兹尔·霍林赫斯特承诺跟她们每一个人结婚,承诺她们可以搬进他的大城堡居住,而这个城堡只存在于巴兹尔的想象中。机缘巧合,她们知道了巴兹尔的所作所为,她们怒不可遏,决定报复他。"

"可是,"我说,"她们几个都是外科医生会不会有点儿奇怪?她们碰巧都是一个职业的?"

"没错!"外婆说着用夹着烟的手急切地指了我一下,一小段烟灰掉到我的纸上,"这个异议提得好,希格!"

我微笑着掸掉烟灰。我其中一只轮滑鞋上的轮子画得还是相当不错的。我开始给它涂上黄色。

"是啊,可是现在事情就是这个样子!"

克里勒·蛋白酥的声音有些发紧。可以感觉到,他不想再接受更多的批评性提问了。

"不管怎么说吧,"他几乎开始喊起来,"一天晚上,巴兹尔·霍林赫斯特在和一位女外科医生共进浪漫晚餐时,她用一块浸满氯仿[1]的餐巾按压住他的口鼻把他迷晕了!他像一根木桩一样倒在地上。另外两名外科医生一起帮忙把他拖进车里。她们把车开到医院,来到她们工作的外科手术室,

---

[1] 氯仿:三氯甲烷,医学上常用作麻醉剂。

把他放在一张病床上！人们看到第一个手术刀抬起，看到她们脸上不共戴天的笑容。"

克里勒·蛋白酥用手假装手术刀在空气中比画了一下。

"巴兹尔醒来时，他的脸上缠满了纱布！他把纱布一层一层揭开，看到自己被改造了！被改造成了一只兔子！耳朵！牙齿！极小的鼻子！满脸的绒毛！"

"兔子！"波波高兴地说，从她的画作上抬起头来。

她画的那个简笔画小人的嘴上被划了一道，就像从嘴里冒出一阵打着旋的烟一样。

"鸭子变成了兔子。"我解释说。

"噢，亲爱的！"外婆边说，边狠狠地吸了一大口烟。

"为什么偏偏是兔子呢？"我问道。

克里勒·蛋白酥看着我。他的眉头已经恼怒地拧成了一团。

"嗯，"我说，"我的意思是，为什么不是那些不讨人喜欢的动物呢？例如：水獭、鳄鱼或者老鼠？她们想要惩罚他呀？那他就不应该那么可爱，对吗？"

"嗯……有点儿道理。"

克里勒·蛋白酥从裤子后口袋里掏出笔记本，做了几条笔记。然后，他继续说："巴兹尔·霍林赫斯特以后要怎么再去当新闻主播呢？谁会认真对待一个长得像水獭的人说的话呢？"

"水獭？"波波说。

"也许鸭子没有变成兔子，而是变成了水獭。"我低声说。

"老鼠，"外婆说，"老鼠最好。不会令人产生同情的相貌。没有人喜欢老鼠。"

"然后呢？怎么了？"我问道。

克里勒·蛋白酥瞪着我看。

"他被手术之后？"

沉默了一会儿。

"嗯……我现在还没想到这一点。"他说。

"不错的开头。"我鼓励他说，然后开始给渔猎标枪上色。

"老鼠？"波波感兴趣地问。

"这也说得太不清楚了，"外婆说，"太不清楚了。"

她弯腰探身去看波波的画。

"哦，不，你画的是我吗，波波？还有香烟什么的？这张画我必须要裱起来挂上！你真是一个艺术天才，亲爱的！不过很显然，有这样一位模特，这张画不成为大师之作才怪呢。"

她冲着波波眨了眨眼，波波笑得合不拢嘴，奶嘴都掉到了地上。

剩余 52 天
爱因斯坦，我爱的小皮帽子

短短一秒钟，我看见爱因斯坦油亮的黑鼻头出现在门缝中，然后它整个身体就挤了进来。门吱呀一声打开了，它跑到我床前，用力摇着尾巴，整个后半身都在跟着晃动。它的嘴张着，在一个大大的笑容里露出狼一样的尖利犬牙。它总是欢天喜地的！早晨、中午、晚上！我真不敢相信它总是这么高兴，生活得如此无忧无虑。

"嗨，小爱因斯坦。"我睡眼惺忪地说，"我看见你了。"

我挠它耳后，它舔我的手、我的脸，而我不得不闭紧嘴巴,这样它才不至于把舌头伸进我的嘴里。这时,我听到楼梯上传来脚步声。几秒钟之后,妈妈探进头来。她穿着牛仔服,金棕色的头发梳成马尾。

"嗨,小伙子!你醒了吗?"

"没有,我还睡着呢。"我说。

"喂,我要进城去北雪平,去找找工作。我打算找个咖啡馆,看看电脑,安静安静。在这个房子里好像很难,嗯……"

她笑了起来。

"外婆答应照看你们。"

"好的。"我说。

"我想知道,你能出去遛遛爱因斯坦吗?不用现在,过一会儿就行。我快要来不及了,汽车十分钟后就出发了。"

"让玛伊肯去不行吗?她从来什么都不做。"

"哦,亲爱的,你知道的,她还太小了,遛不了爱因斯坦。如果它看见一只松鼠什么的,那她就会像狗绳后面的一只手套一样飞起来。而且,它也不听她的。"

"这就太奇怪了,她说话声音那么大。"我说。

妈妈歪着头,祈求地看着我。她看起来就像爱因斯坦在餐桌旁祈求食物差不多。

"好吧,好吧。"

"谢谢、谢谢,希格,亲爱的。你最好了!"

她弯腰探过身来,亲了我一下,爱因斯坦趁机舔了她的脸。她马上直起身来。

"爱因斯坦,你的嘴巴好臭!你吃什么了?汤?"

她用手背把脸擦干净。

"还有,外婆今天可能有时间给你剪头发,是不是挺好的?"

"啰唆死了。"

妈妈正要回答,这时外婆所有的钟表里有一个开始演奏出叮叮咚咚的旋律。外婆说起过,它和大本钟敲的是同一个曲调,就是伦敦大钟塔里面的那只钟,每小时都奏乐报时。

"糟糕,已经九点了吗?我们几个小时以后见,希格。我得赶紧走了!"

她消失在门外,我听见她急促的下楼梯的脚步声。

我坐起来,打了个哈欠。我还是打算把玛伊肯叫起来。她至少可以跟我一起去遛狗。

爱因斯坦紧跟在我身后,和我一起走进玛伊肯的房间。黑暗中,几盏可乐机上的灯泡亮着,我听见机器低沉的噪音。妈妈说过,如果这里面没有可乐,玛伊肯就不应该给可乐机插电。它就像一个冰箱,非常耗电。玛伊肯很显然不在乎这个。她把被子踢掉了,整个人在床上睡成了一个"大"字,而且在打呼噜。她的胳膊和腿伸向"四面八方"。她穿着外婆的一个印有黄色雪佛兰护卫舰汽车的T恤衫,金红色的头发像一个乱糟糟的鸟窝顶在头上。妈妈和她每天至少会发生一次冲突,因为妈妈总想给她把头发梳顺,而玛伊肯拒绝。

"玛伊肯,"我说着推了推她的胳膊,"玛伊肯,醒醒!"

玛伊肯翻了个身,滚到了一侧,继续打呼噜。她怎么能打出这么大的呼噜声!她比斯维德里克打呼噜还厉害。

"玛伊肯!玛伊肯!玛伊肯!"

我摇晃她的肩膀,戳她的胳肢窝,吹她的耳朵,但她唯一的反应就是转过身面朝墙继续睡。我放弃了。爱因斯坦满眼期待地看着我。

"我带你出去吧,你个毛茸茸的小混蛋。"

我们穿过森林草场路,走过一片小草坪,在过大马路之前,我谨慎地环顾左右,这条路上经常有满载原木的大货车呼啸而过,开往造纸厂。

我们来到马路对面的碎石子路之后,我就不用那么紧紧地拉住爱因斯坦了。这里几乎没有汽车经过,就连自行车都很少。我们穿过一片田地,一个有两匹棕色马的马场,一栋被大火烧得只剩下砖砌烟囱的房屋,一个农庄,一个种满各种颜色花朵的花园,红色、紫色、蓝色、黄色、橙色,看起来好像来到了花店一般。

爱因斯坦在碎石子路上来回溜达,每迈出一步耳朵就弹起来一下。它用鼻子嗅水沟,每隔五米就会把尿撒在路边的小草丛上，还会时不时回头看看我是否跟上来了。

我记得它还是小狗崽的时候特别难弄，每天夜里都呜呜地呻吟，不能独自睡觉，最后我只能让它睡在我的床上。它躺在我头顶上，两条腿叉开在我的头两侧，就好像我戴着一顶小皮帽子一样。第一周，它什么都不吃，这让我和妈妈非常不安。（很难想象，它现在大多数情况下见什么吃什么，只要不是金属或玻璃就行。）但这都没有关系，不管怎么说，它都是我见过的最可爱的小狗。小小的、圆滚滚的，皮毛大部分是黑色，但爪子和脖子是奶油焦糖色的，眼皮也是焦糖色的，就好像它画了眼影一样。它有四分之三的罗纳威犬血统和四分之一的德国牧羊犬血统，混血，和我一样。

尽管它是我们全家的狗，但它主要还是"我的"。妈妈把它给了我，而且是我把它养大的。是我带着它参加灵敏性学习班，训练它跳过和钻过障碍物，在摇晃的木板上平衡行走，穿过狭窄的通道。它主要听我的指令，然后是妈妈，然后是外婆，最后是玛伊肯，它从来不听斯维德里克的。它一定把波波当成一个无足轻重的小狗了，不过它喜欢她总是把食物掉落在地板上。

我在九岁的那个秋天得到了它，它很快就成了我最好的朋友，我唯一的朋友。我当时上三年级，我记得那段日子是一片模模糊糊的黑暗。上课期间还可以，但课间休息让人难受，令人作呕。我假装在忙，磨磨蹭蹭留在教室里，避免和其他人一起到衣帽存放处去。我害怕男孩们的所言所行——害怕他们拿我的帽子扔进厕所里,假装闻一闻,说我闻起来一股尿味;害怕他们抓下我的眼镜,自己戴上,模仿我;用荒唐做作的声音学我说话;像芭蕾舞演员一样踮起脚尖学我走路;还学我对眼看东西。巴德是最糟糕的。没错,他就叫这个名字,巴德——多傻的名字。我恨他。

他们也并不总是挑衅我,他们一阵一阵的。有时我们甚至可以在课间一起玩,但第二天可能就会反转,他们又变得邪恶起来。你永远都不知道下一秒会是什么样子。最糟糕的是我有一次在"油管[1]"上传了一段视频。我那时在学花样滑冰,制作了一个我自认为很自豪的滑冰视频。我在冰上飞舞,还做了一个"贝尔曼旋转",后抬腿,尽量拉直抬高,手臂伸向头后,双手去抓后抬腿的冰刀。我甚至还近乎完美地完成了一个高难度的皮鲁埃特脚尖旋转[2]。我爱花样滑冰,我爱冰面、服装、音乐和偾张到动脉里的肾上腺素,还有速度,我感觉自己在飞翔。

我现在仍然不知道巴德是怎么找到我的"油管"账号的,因为账号和我的名字没有丝毫联系,它叫荣耀之刃[3]。但有时我会怀疑,会不会是瓦尔特泄露了我的秘密,因为他是除了

---

1 油管:国外知名视频网站 YouTube 的网络称呼。

2 皮鲁埃特脚尖旋转:一种单脚转法。

3 荣耀之刃:这是一部讲述花样滑冰的电影。

我的家人和其他花样滑冰俱乐部成员之外唯一知道这个账号的人。不管怎么样，巴德知道了我的账号。在我上传视频几天后，他在课间把这段视频播放给所有人看。他们嘲笑我穿着亮光闪闪的裤子，嘲笑我的衬衣和背带，他们说，我一定是娘娘腔，因为我从事这么娘炮的运动。我不应该回应他们的，但我没忍住，我忍不住。

"有什么问题吗？娘娘腔怎么了？"

我默默地说了这句话，声音几乎听不见。但巴德听见了。从此以后，他把我是娘娘腔当成了事实，除了"娘娘腔"以外，巴德几乎从不叫我其他名字。

耻辱令我的皮肤火辣辣的。我为自己上传视频而耻辱，为我曾经以它为荣而耻辱。最糟糕的是，花样滑冰在我心中渐渐褪色了，滑冰再也不能让我感到有意思了。曾经的我，总是无比期待每一次训练的到来，可现在每一次我都会想到巴德，想到他的话，想到他邪恶的笑。我害怕他会看见我，害怕他突然无缘无故出现在滑冰馆。虽然这种可能性不大，但我还是害怕。此后不久我就结束了这项运动。妈妈很不理解，"可你喜爱花滑啊？"我只是耸耸肩，没有告诉她为什么。

几个月后，我得到了爱因斯坦。尽管妈妈不太清楚我的感受，但她知道，我不喜欢学校。我从来没有往家里带过任何朋友。

有时我会生玛伊肯的气,因为她一切来得都是那么容易,她有那么多朋友。每周日我都会胃痉挛,因为我会为周一的到来不安。五年级的时候情况好了一点点,我有了一个新老师——罗尼,而且班上来了几个新同学,班级的气氛有所改变,比之前平静了很多。但情况从来都没有真正变好过,至少对我来说没有。我仍然孤零零一人。

但是爱因斯坦让我的日子好过多了。它温暖的小身体,它的亲吻和爱,它喜欢我的一切,喜欢我这个人。现在,它走在我前面,在草丛里嗅来嗅去,把鼻子深深扎进一处草丛中,开始嚼东西。

"爱因斯坦,"我严厉地说,"你嘴里是什么?你在吃什么呢?"

爱因斯坦转过身,充满罪恶感地看着我。从它的嘴角里露出一小块米饼来。

"好吧,"我说,"那个你可以吃。"

爱因斯坦看起来很满意,我忍不住笑出了声。它一秒钟就把米饼吃进了肚子。

"你知道,我爱你,小疯子。"

爱因斯坦的生活顺顺当当,轻轻松松。如果最糟糕的事情就是不能吃人家扔的米饼,那它的生活也一定相当简单吧。不知道出于什么原因,我从不会生它的气。

剩余 51 天
身穿皮裤在胡同里投骰子

玛伊肯的新浣熊男孩朋友已经连续来我们家好几天了。缺点是他和玛伊肯到处乱跑，一直大喊大叫。好处是，他时时刻刻提醒着我，我还有重要任务——要被喜爱，受欢迎。如果我在斯卡布莱克的未来想要一片光明，那我就不得不从现在开始努力。尽管现在是暑假，但我也不能松懈。我坐在我房间的床上，拿出速写板，但我一个字都还没来得及写，就从旁边的房间里传出一阵震耳欲聋的噪音。过了好几秒，我才意识到这是音乐，摇滚乐。我跑出房间，来到波波房间里。

从自助点唱机里传出来：

Let's rock everybody, let's rock,

Everybody in the whole cell block,

Was dancin'to the Jailhouse Rock.

（让我们每个人都摇滚起来，

让我们一起摇滚，

监区中的每个人，

随着《监狱摇滚》，一起摇滚。）

"波波！你都干了些什么？"我喊道。

波波怀里抱着一只灰褐色的填充野兔标本在跳舞。她抬起头看看我，说："嗨嗨！"

"能小点儿声吗？"我吼道，我绕着机器找了一圈音量控制钮，但是没找到。

The drummer boy from Illinois went crash, boom, bang.

The whole rhythm section was the Purple Gang.

（来自伊利诺伊州的鼓手陨落，轰，砰。

整个节奏区内都是紫色帮派。）

我只能等歌曲唱完。我想，它不会很长。一两分钟后，最后一声吉他响过，世界恢复了美妙的安静。

"不要再投币点新歌了。"我对波波说，但我话音未落，声音就被开始播放的音乐噪音淹没了。

和刚才是同一首歌曲。我透过玻璃往自助点唱机里面看，看到那些圆圆的黑胶唱片。一张唱片在那里面转动，我能看到，是猫王的《监狱摇滚》。

"你到底往里面投了多少币？"

就在同一秒，我的目光扫了一眼地板，那里放着一个钱罐，不过它现在已经不再是钱罐了，它只是一个罐子。因为所有的钱都不见了。波波看起来心满意足的样子。

就是这样，有时我会对妹妹们感到极度厌倦。现在我意识到，我唯一能做的就是必须找到另外一个地方。我离开波波，四处寻找一个安静一点点的空间。我看了一眼玛伊肯的房间，但此时此刻，妈妈在那里打开了吸尘器，吸走了几大团藏在角落里的厚厚的灰尘。其实它们根本没有躲藏，就摆在那里，完全可见。外婆并不是个特别讲究的人。我走下楼，来到餐厅，看见外婆正在修一把椅子。锤子的敲击令墙体都在震颤，她的手链也叮当作响。我最后的一个希望是客厅，但我刚刚在沙发上坐下来，玛伊肯和浣熊男孩就跑了进来，后面紧跟着汪汪大叫的爱因斯坦。他们一起高声大喊：

"黄蜂、甲虫和青蛇！黄蜂、甲虫和青蛇！"

简直不可理喻，这么大的一栋房子居然找不到一块清净的地方！我打开大门，来到车库入口，环顾四周，丁香凉亭也许可以？我朝着丁香花丛走了几步，哦……不，不行，因为克里勒·蛋白酥已经坐在那里了，他撸起衬衫袖子，正在喝咖啡。毫无疑问，他也是从"疯人院"里躲出来的。我赶紧闪身躲在外婆红色雪佛兰护卫舰后面，不让他发现我。我可不能把时间浪费在听他再讲一个"辉煌"的电影创意上了。

我半蹲在汽车后面，偷偷溜走，然后把房子看了几乎整整一圈，最后终于找到一个可行的地方——房顶！似乎可以从一棵靠墙很近的松树爬上去。

我把笔记本揣进短裤里，抓住一根树枝，开始往上爬。我的手指被松脂弄得黏糊糊的，而且我至少被长长的松针扎了四次，但是最终我还是爬了上去！屋顶有一点点坡度，不过不是很陡。我可以坐在这里，不受打扰。我想要兴奋地呼喊：哇哦！但我不敢，我怕有人会发现我。

我拿出笔记本，写道：受欢迎！怎么才能办到呢？受欢迎到底意味着什么？我用手机在维基百科[1]上搜索这个词条，那里写着："受欢迎"一词有很多意思，但最常用的意思是，在很多人那里引发兴趣和热情的人或物。

兴趣和热情！这就是我要在别人身上激发的东西。这个信息还是相当不错的。我知道，我有能力引起人们的兴趣，不过这种兴趣通常都是负面的。例如，他们觉得我说了什么奇奇怪怪的话，或者做了什么奇奇怪怪的事情，看上去捉摸不定很怪异。但不管怎么说吧，对我的兴趣是有了。现在只剩下热情了。

1　维基百科：用多种语言编写的网络百科全书。

我决定写下我在以前的学校学到的，那些我注意到的行为：

· 说话时不要甩胳膊，不要搓手。走路时不要踮脚尖。控制好所有身体部位！慢慢地移动，肢体稍微僵硬一些。如果一定要指东西，那么伸出整个手。

· 无论多高兴，都不要又蹦又叫。（也许最好就不要太高兴？）要酷。

· 不承认自己会花样滑冰。

好吧。现在我写下三条我不该做的事情。这也不错，但是这并不能帮助我总结出我应该做什么。我咬铅笔的次数太多了，最后我都能尝到铅芯的味道。我眯眼看着太阳，它像蛋黄一样黄，使得屋顶炽热，烤得我大腿疼。下次我一定要记得带个东西垫着坐。

为了知晓我要怎么改变自己，我被迫搜集信息。我可以上网搜索，观察其他人（就像几天前观察玛伊肯和浣熊男孩那样），采访现在或者曾经受欢迎的人。然后我就要努力成为希格2.0啦！

我进入搜索页面，打出"怎样才能受欢迎？"哎呀、哎呀、哎呀！很显然，我不是唯一想知道答案的人！这上面的视频要多少有多少！所有人都有不同的建议，也有一些是捣乱的。比如说，一个人想要受欢迎，就不得不穿着皮裤，光着上身在胡同里玩骰子。就这？这应该不是真的吧？

如果一个建议在我的搜索中出现五次以上，那我就把它当成是一条"普世真理"。以下是我得出的我必须要做的事情：

· 衣着光鲜。名牌服装尤佳。

· 发型帅酷。（也许我不得不让外婆给我剪头发。我不是很清楚，什么是帅酷的发型，但至少不是单纯从头上长出来的头发，而是应该有一点点设计感。希望挡住一只眼的长刘海可以被算作是帅酷的发型。）

· 不戴眼镜。（使用隐形眼镜，然后再加上太阳镜来隐藏斜视。）

· 看上去像健身达人。

· 保持口气清新。认真刷牙，使用口香糖。（口香糖还是使人看上去帅酷的利器，人们可以一边嚼口香糖，一边把口香糖分给别人，这样就可以受欢迎。）

· 与人交往！提问题，讲述自己的事情。与老师、同学、其他人交谈。幽默有趣，能使人发笑。（可与此同时，我不能忘记要时刻保持帅酷。）

这些行为有一个问题，很显然需要钱啊。一个人的妈妈从事护师工作并且有三个孩子，他要怎么买名牌服装呢？答案：他不能买！因为他妈妈没钱，而且现在她还失业了。

我还小的时候，我跟她提起过类似的东西。但后来我注意到,这只会让她难过,有时还会让她生气。除此之外,我极少能得到我想要的东西。有一次她给我买了一件阿迪达斯上衣,但此后我们不得不喝了半个月粥,因为衣服太贵了,那时我感觉很糟糕。

外婆也不是一个可以说服的人。她愿意在超市给我们买所有我们想吃的东西,但她认为购买名牌服装是傻子的行为。"你为什么想要穿这种比它原本需要的价格贵五倍的东西,而且别人还都穿着它?"这是她的问题。"就因为它贵五倍,而且别人都穿着它!"这是我的回答。

不行,我只能自己搞定。

剩余49天
一只极小的玩杂耍的小猴子

我刚刚穿上轮滑鞋,把遛狗绳从大厅里的斑马标本上拿下来,在爱因斯坦宽大的胸前扣好。它低声吠叫,用鼻子拱门,急切地想要出去。

"马上,小伙子!等一下。"

为了保险起见,我把遛狗绳绕在我的肚子上,我怕万一我没办法拉住它。它体重超过五十公斤,而我还不到三十五公斤,所以它其实想要拉走我根本不费吹灰之力。而且我就是要它这么做。此外,我还要去自己想去的方向。

刚刚，我在一根曲棍球杆上拴了一根绳子，在绳子的一端绑了一根香肠，有点儿像鱼竿，不过没有钩子，我把它放在了门外。我要拿着它，让香肠始终保持在爱因斯坦贪吃的狼一样的大嘴前边。爱因斯坦爱香肠胜过一切。我还在上衣口袋里揣了几根备用香肠。

大门打开了，爱因斯坦开始狂吠起来。克里勒·蛋白酥正巧进门，他从头到脚一身都是卡其色，从熨烫平整的衬衫到带有小装饰穗的帆船鞋。噢，不。

"你好，希格！你看见沙洛特了吗？"

"看见了，她在楼上，正在修楼梯。没事，爱因斯坦，没关系的，没事！"

爱因斯坦看上去完全疯狂了，粉红色的舌头垂在嘴外，因为单纯的快乐，几乎四条腿一起蹦起来。克里勒·蛋白酥笨拙地拍拍它，它趁机舔了克里勒的手。

"噢噢噢，我看，你这是要出去遛狗呀。嗯，我本人也需要去散散步呢。"

啊呀，不要！这可和我预想的完全不一样。我的计划是带着爱因斯坦一起练习轮滑，让它拉着我走。一方面是觉得这样很有意思，另一方面就是练习使用"麻雀之箭"。我得学会在有外力介入的情况下保持平衡，例如：有狗拉着走，或者渔猎标枪上的绳子飞速把我拉走。

我从克里勒身旁走过，来到台阶上。我得把爱因斯坦的绳子抓得短一些,这样它才不会立刻就冲出去。

"外婆一定想有个人做伴儿。你上去就行了。"

"运动一下有利健康。"克里勒·蛋白酥说。

"外婆一定也需要一点点帮助的。你不是很擅长做木工这一类的事情吗?"

克里勒·蛋白酥似乎没听见我说什么。

"一个人每天应该步行一万米。"他若有所思地说。

"上面有咖啡,妈妈煮的,你可以给外婆和你自己都倒杯咖啡喝。"

"或者是步数?是一万米还是一万步?"

我放弃了。

"你能拿一下这个吗?但你要试着把香肠藏起来,不要让爱因斯坦看见。"

我把曲棍球杆递给克里勒。

"当然!这样我就可以利用这个机会给你讲讲我新想出来的电影构思。你总是能给我好得出奇的反馈。"

"噢……嗯,谢谢。爱因斯坦,站住!"

在我来到柏油马路上之前,爱因斯坦不可以跑起来,否则我就会像个布口袋一样被它拖着走。我跌跌撞撞穿过石板路,时不时给爱因斯坦一小块香肠,让它保持走在我身边。爱因斯坦棕色的大眼睛一直盯着我,或者说,盯着我给它香肠的手。克里勒·蛋白酥拿着曲棍球杆跟在后面。

"美丽的歌剧演员爱丽丝·舒马赫·伯恩茅斯在上班路上遭遇了一场可怕的车祸!"

他的声音又变得戏剧化起来。

"那个电视主播怎么样了?他叫什么来着?巴希尔?"我问。

"你的意思是巴兹尔·霍林赫斯特?嗯,那个构思我其实已经抛弃了,它有些漏洞。现在这个构思要好得多。反正吧,现在你听我说!就在爱丽丝·舒马赫·伯恩茅斯要过马路时,她被一辆大客车撞倒了。她瘦弱的身体飞出去将近十米,然后摔在一堵矮墙上,失去了意识,被救护车送往医院。她一直昏迷不醒,医生没办法让她醒来。

"哎呀,"我说,"听起来很严重。"

"确实很严重,"克里勒说,"她的头部缠满了绷带!"

老实说,克里勒真的执迷于头上缠绷带。

"她也被手术改造成兔子了?"我问。

"没有,没有!当然没有!但当医生给她拆掉绷带时,很显然,她以前的美丽容颜彻底被毁了。她身上到处都是伤疤!脸也变形了!当她几个月后苏醒过来,这对她是沉重的打击。她看起来像《弗兰肯斯坦》里的怪人,再也不能从事歌剧演员的工作了!当她终于可以出院时,她恳求母亲把她家中所有的镜子都收起来,因为她无法忍受看见她自己现在的样子。当她第一次敢于出门去散步时,她突然发现,她能看到人们额头上的数字!"

我跌跌撞撞地走过最后一段路,经过外婆的信箱,终于来到柏油马路上。

"坐!爱因斯坦,坐!"

爱因斯坦听话地坐下来,我奖赏给它一小块香肠。

"可以把曲棍球杆给我吗?"

克里勒·蛋白酥把球杆递给我,爱因斯坦一看见香肠就开始跳起来去够它。

"不,不!坐!坐!"

我又从上衣口袋里掏出一块香肠给爱因斯坦。克里勒·蛋白酥站到我面前,试图引起我的注意。

"可是歌剧演员爱丽丝·舒马赫·伯恩茅斯很快就意识到,她是唯一能看到这些数字的人。"

"对不起,克里勒,可我必须……"

我朝着爱因斯坦点点头,它很难安静地坐下来。然后,我拿出放在背后的曲棍球杆,把它放在爱因斯坦鼻子前面。它好像疯了一样!跳着去咬绳子上摇摇晃晃的香肠。我不得不把香肠举过它的头顶,尽可能举到最高。克里勒·蛋白酥似乎没有注意到正在他眼前上演的混乱。

"爱丽丝·舒马赫·伯恩茅斯看到了她年迈的祖父额头上的数字,而他在第二天死了,这时爱丽丝恍然大悟,她看到的数字实际上是日期。人的死期!你明白吗,希格?她能在别人的额头上看到他们的死期!"

克里勒·蛋白酥狠狠地拍了一下脑门。

爱因斯坦现在完全不听我的话了,它只是上蹿下跳地去够香肠。我被它拽着,十厘米、十厘米地往前移动,为了不摔倒,我不得不叉开腿。突然,爱因斯坦一下子蹿起来,蹦得比我以往任何时候见过的都要高,一下子咬住了香肠,嚼都没嚼,一口吞了下去。它把香肠咽下去之后,抬头眼巴巴地看着我。

"哦,爱因斯坦,这么做是不应该的。"我说。

克里勒·蛋白酥继续往下说,就好像什么都没发生一样。

"歌剧演员爱丽丝·舒马赫·伯恩茅斯吓坏了!她要怎么处理这种超能力呢?"

他抬起双臂,伸向天空。

"嗯,我不太知道。克里勒,你能帮我做件事儿吗?"

克里勒·蛋白酥表现得很惊讶。

"噢,当然,没问题。"

我用最严厉的语气命令爱因斯坦坐下,然后我从装香肠的包装袋里又拿出一根新的香肠,把它牢牢系在曲棍球杆上固定好的绳子的一端。爱因斯坦紧紧盯着香肠,我恼怒地瞪着它,让它不敢乱动。

"克里勒,你能拿着曲棍球杆和香肠跑在爱因斯坦前面吗?我觉得,这是唯一可行的办法了。但你必须得快跑,而且必须要让香肠保持在它前面足够的距离,不能让它一口把香肠吃掉。"

"没问题!"

我把曲棍球杆递给克里勒·蛋白酥。

"我说开始,你就跑。"我说着,用手按住爱因斯坦的屁股,以此表示它应该坐下,在我同意之前,不可以跑出去。

克里勒·蛋白酥拿着球杆站在我前面几米远的地方,香肠在绳子上晃来晃去。爱因斯坦的大脸兴奋得不停抽搐,我看到,它快要控制不住自己了。我看了克里勒·蛋白酥一眼,蹬了一下轮滑鞋,喊道:"跑,克里勒,跑!"

克里勒·蛋白酥拿起球杆,跑了起来。爱因斯坦立刻就在后面奔跑起来。遛狗绳在我手中猛地被拉了一下,拉伸出很长一段绳子,但我有所准备,所以并没有失去平衡。一毫秒之后,我脚下滚动起来。如果让我猜的话,我会觉得克里勒·蛋白酥是一个动作不太快的人。他在其他所有事情上都动作缓慢,比如他说话和行为的方式。但克里勒·蛋白酥跑起来像一只黑豹,又快、又灵活。克里勒·蛋白酥、曲棍球杆和香肠跑在最前面,然后是拴着狗绳的爱因斯坦,再后面是穿着轮滑鞋的我。我有点儿摇晃,但我发现,如果我自己蹬地前行,就会更容易保持平衡。在我的身体里,有种感觉在飞驰,风飕飕地掠过耳畔,一种闪光的能量潺潺流水般欢快涌出,就好像我完全活在当下,就在现在。就在那里!我看到树木和停着的汽车从身边掠过,我闪身躲开树枝和垃圾。我笑出了声!我感到欣喜若狂!

在学校,我们曾经不得不做"正念训练"。因为我们的班主任老师罗尼说,我们显然压力太大了,需要更专注当下,亲历当下。我们坐在那里,用手指捏一粒葡萄干半个小时,同时要向全班同学描述那粒葡萄干的感觉,它的气味和外形。最后,我们还要咬一下那粒葡萄干,没错,咬一下!咬一口葡萄干!如果我是一只蚂蚁,这也许还算合理。我把整粒葡萄干都吃掉了,这样就可以摆脱那粒垃圾了。我被告知,这样做是错误的。我根本就不知道还有一种吃葡萄干的正确方式,可你看,就是有。在葡萄干课程之后,对不起,是正念训练之后,我也没有感觉压力有所缓解。我对亲历当下并不太感兴趣,实话实说,"当下"其实毫无价值。我对将来更感兴趣,也就是说我想要去做的一切才让我有兴趣。但穿着轮滑鞋,跟在克里勒·蛋白酥和爱因斯坦身后,我突然感到,我非常专注于当下!我身处在当下!而且我很喜欢这种感觉。这种亲历和参与的感觉确实是我可以忍受的。罗尼应该好好思考一下。但从另一方面来说,也许给一个班级安排二十五根曲棍球杆、二十五根香肠、二十五只狗和二十五双轮滑鞋有难度。我明白,一包葡萄干要简单得多,而且便宜得多。

爱因斯坦突然跳起来去够香肠,遛狗绳猛地拽了一下。

我一个趔趄,但很快还是恢复了平衡。克里勒·蛋白酥在最后一秒甩开了曲棍球杆,香肠在绳子上剧烈地前后晃动。爱因斯坦一边呈之字形来回追逐,一边兴奋地狂吠。

"嗯,不管怎么说吧!"克里勒上气不接下气,"爱丽丝·舒马赫·伯恩茅斯感到,(呼、呼)能够预知别人的死期让她有了一种责任。也许她可以(呼、呼)阻止人们的死亡?每天,她都来到城中,(呼、呼)如果她看到有人的日期非常接近,那她就跟在那个人身后,看看她是否能救这个人。"

"噢,对不起,克里勒,可我没法集中精力!"我一边喊,一边以一种近乎不要命的速度向前滑行。

"噢,噢,我明白!"

我们疾风一般地掠过房屋、院子、路灯和电控箱。

突然,我发现自己飞在半空,感觉这样的飞行持续了好几秒钟。我看见树枝和树叶从我身旁掠过,然后,长满带刺枝丫的灌木丛接住了我,并且在我身体的重量之下咔嚓咔嚓断掉。紧接着,我滚到柔软、潮湿的草地上。我听见爱因斯坦在吠叫,克里勒·蛋白酥在呼喊。之后一片寂静,我感到冰凉的水喷洒在我脸上和全身。雨水吗?不是,天空一片蔚蓝。水消失了。我眨了眨眼,环顾四周。不远处有三棵小树,最高也就两三米的样子。它们之间的距离好像经过精确测算过的,看起来像用尺子认真量过一样。更特别的是,它们都被修剪成不同的形状,一个正方形、一个金字塔形和一个球形。靠着房屋的白墙有花圃,里面种着一排排美丽的花朵,所有的花都是白色的。在其中一个花铺里立着一个花园精灵,它头戴红色尖顶帽,身穿蓝色上衣,腰间系着棕色皮带,站在那里打量着我。喷洒的水又回来了,轻轻地打在我的身体上,我转过身去看它来自哪里——园艺洒水器。

这时,克里勒·蛋白酥的头出现在树篱的另一侧,爱因斯坦疯了一样狂吠。

"它把香肠吃掉了,希格。"

"好吧。"我试着坐起来。

遛狗绳绷紧了,在我腰间猛拽,爱因斯坦正在用尽全身力气试图挣脱它。

我想要把绳结解开,但爱因斯坦疯狂地拉拽狗绳,这种情况下根本不可能解开。

"克里勒,你能帮忙抓住爱因斯坦吗?别让它动。我必须把这个解下来。"

话语从我的嘴里说出来像是在呻吟。

我刚把遛狗绳从我受到重创的身体上松开,爱因斯坦就跑了。克里勒·蛋白酥在后面追。

"未完待续!"他边喊,边消失在拐角处。

这时,疼痛袭来。髋关节、膝盖、下巴都在疼。我小心翼翼地摸了摸脸,又看了看我的手指,血!我的食指破了。

喷水器的水又一次轻轻地喷洒在我身上。手上的血被水稀释了。

上帝呀。

我站起来,穿着轮滑鞋起身很费劲。我的膝盖生疼,我低头检查一下,不仅牛仔裤的膝盖部位绿了一大片,它还破了个洞。膝盖擦伤了一点儿,但没有流血。妈妈会生气的。她会装作不生气,因为我也摔坏了,但她还是会生气——这条牛仔裤几乎是全新的。

我再次抬起头来时,面前站着一个女孩,她好像横空出世一样。她有一头几乎垂到腰间的绿松石色的头发,而且她只穿着一件上面带有文字的睡袍,睡袍一直到脚踝。她举起手机,拍了一张我的照片。

"你在干什么?"我问。

"拍照。"

"拍我?"

"不是,拍你身后一只极小的玩杂耍的小猴子。"

我条件反射般转过身去。但身后当然不会有猴子。

"你不许拍我!"

"一、我已经拍了;二、我可以拍;三、你没办法阻止我。"

我说不出话来,她的傲慢无礼太令我震惊了。我朝着她晃晃悠悠地迈了一步。

"别担心,"她说着向后退了一大步,"我会加一层好看的滤镜。"

"什么?你要把照片挂到网上?!"

"如果有个穿着轮滑鞋的人被一只长毛怪拉着飞过树篱掉进我家院子里,那我觉得,报道这件事是我的社会责任。斯卡布莱克发生的一切我都报道,我是记者。"

她骄傲地昂起头来。

我又朝着她走了几步,她继续后退,然后,她微笑着说:"只有两千人关注我,所以你不必放在心上。"

"两千?!"

我有二十二个粉丝,其中有七个都是玛伊肯,她总是会忘掉自己账户的密码,然后不得不重新开一个新的账户。

"我禁止你这么做!"我说。

"你想要阻止一个自由记者?你反对自由媒体?"

"哦……不是。"

"那就是了。你可以在'布莱克新闻'上看到所有东西。再见,笨蛋!"

她转身,朝着一个大门敞开的露台走去,然后消失在房子里。我还来不及决定要不要跟上去,露台门就砰的一声关上了。我能隐约看见玻璃后面她那绿松石色的头发,但因为阳光反射太厉害,我看不到她的脸。尽管如此,我还是可以完全肯定,她在观察我。

愤怒化作头脑中红色的彗星，拖着它燃烧的尾巴在大脑中盘旋，所到之处一切都被点燃。蠢货！我想要破坏东西，我想要高声喊叫，我想要因为她的恶毒给她点儿颜色瞧瞧。

我咬紧牙关，走向位于车库入口一侧的那一排修剪成球形的灌木丛。突然，我的眼角扫到了一个红色的小东西。我低头一看，是头戴尖顶帽，留着灰色长胡须的花园守护精灵。

没来得及细想，我就拿起了这个花园精灵。我抱着精灵，朝着柏油马路走去。然后，我用力蹬地，向前滑了一下，然后又蹬了一下。我小心翼翼地把精灵夹在腋下，轮滑鞋在路上轻松滚动向前。我为自己的报复行为放声大笑，笑声响亮、疯狂，回家路上，我笑了整整一路。

报仇很美妙!

直到晚上十点半，我才找到我的手机，不知道哪个笨家伙把它放在食品储藏柜里了，弄不好也许这个人就是我。我的膝盖擦伤了，疼得很，上面留下一大片深紫色的淤青。花园守护精灵站在书桌上盯着我。

"嗯，这么做也许有点儿欠考虑。"我对它说，"可是，一个人傲慢起来是不是应该有个度？"

我进入社交网络照片墙[1]，搜索"Blacka News"（布莱克

---

[1] 照片墙：Instagram 照片墙，一款图片社交软件。

新闻），立刻就找到了那个账户。账户下有一个名字：朱诺。

我打开最新发布，啊！天哪！上面有一系列照片。她一定在我注意到她之前就已经盯上我们了，其中一张照片是在我摔倒之前拍的。克里勒·蛋白酥在最前面，手里拿着曲棍球杆和香肠，然后是奔跑的爱因斯坦，它的目光中有一丝癫狂，最后面是穿着轮滑鞋、张着大嘴的我。我看上去无法言喻地既丑又蠢。为什么我当时没戴个墨镜呢？很遗憾，在发型方面，我不得不承认妈妈是对的。我的头发太长了，而且朝各个方向翘着，凌乱不堪。下一张照片显示，我正飞过篱笆树丛。第三张，我躺在地上。她还在我的头周围添加了一些小鸟图案，就像连环画一样。她有两千一百二十三个粉丝，也就是说，这么多人都可以看到这些照片，真是该死，这让我很不爽。

我祈求上帝，我新学校的同学中不要有人关注她的账户。万一有人关注了，那我希望他们在开学之后不要认出我来。不管怎么说，还剩下四十九天。

但是，事情不止如此，还有别的。照片上能看出来我斜视，我恨这一点。深恶痛绝！那个可恶的朱诺，她怎么可以事先没有征询我的同意就这样擅自把我最大的缺陷公之于众？我怒火中烧，血往上涌。我觉得，这就是耻辱。你们知道吗？你们知道影片或者连环画里是怎么展现一个人疯狂、怪异或者愚蠢的吗？没错，他们会让人物斜视。耻辱点燃了我的愤怒，令怒火熊熊燃烧。现在，这就是战争！

我创建了一个新的照片墙账号，取名为"Runawaygnome"，差不多就是"逃跑的精灵"的意思。然后我走进波波的房间，不管你信不信，那里比我的房间更脏更乱。迪厅的炫光灯开着，绿色、蓝色、红色的光线打在墙上。波波通常睡在妈妈的房间里，因此我可以四处窥探需要的东西而不会有人打扰我。我找到一个金色卷发洋娃娃用的硬纸壳红色小手提箱和太阳镜。我拿着找来的宝物来到院子里，把精灵放在覆盆子树丛下，给它戴上太阳镜，把箱子放在它身边。

还缺点儿什么？我环顾四周，一眼看见烟灰缸和里面堆积如山的烟蒂，很显然，外婆还没来得及倒掉。我拨弄了半天，找到一根没有沾上口红的烟蒂，又找来一管强力胶，挤出一些涂在烟蒂上，把这根烟蒂粘在精灵的嘴角上。耶！精灵现在看起来完全不同了，不再像原来那么正派了。

我给它拍了照，不得不用闪光灯，因为天色已经暗下来了，然后我给照片加了一层漂亮的滤镜，写道：现在我走了。对这个无聊的地方厌倦了。私人留言给 @blacka news（布莱克新闻）及家人：再见了，失败者！永远都不搭理你！ / 比尔博。

我把照片发布在网上，开心地放声大笑。报仇真美妙！报仇比美妙更加美妙！令人身心愉悦！报仇就像聆听圆嘟嘟的天使组成的合唱团唱出银铃般美妙的天籁之声，与此同时还有七匹独角兽跑过盛开的花丛，天使奏响金色的竖琴，七色的彩虹在湛蓝的天空中升起。就类似这种感觉。

我应该去做诗人才对！

剩余 48 天
请人吸烟

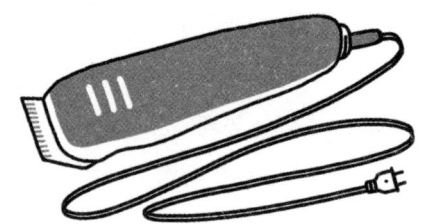

"你准备好了吗?"外婆问。

"准备好了,和死刑犯在断头台前一样。"我说。

"我们可没那么戏剧性……"外婆说着打开了电动剃头推子,推子高声咆哮起来,给人一种不祥的预感。

我坐在院子里的一把椅子上,只穿一条泳裤。我被逼无奈只好妥协剪头发。妈妈无休止的唠叨以及布莱克新闻上的照片最终让我低沉地嘟囔出一句"那好吧!"尽管太阳在晴朗的天空中照耀,微凉的徐徐清风还是让我起了一身鸡皮疙瘩。外婆撩起我的刘海，用一个那种红色的塑料封口夹将刘海别在头顶。

"你以前剪过帅酷的发型吗？"我不安地问。

"剪过吗？"外婆慢悠悠而又自信地说，"我每个月都给克里勒剪头发。"

"嗯，没错，但我的问题是：你剪过帅酷的发型吗？"

克里勒·蛋白酥的头发对一个六十岁的人来说是没问题的，但我觉得，我们对"好看的发型"的理解不太一样。

外婆把电推子按向我的脖子，向上推过后脑。我感到第一缕头发痒痒地从后背滚落下去。

"你不用担心，希格。除了克里勒和爱因斯坦以外，我还给一个又一个动物标本剃过毛。你知道，它们的毛皮外表可能结满痂，而且磨损严重。"

我慌忙站起来，把椅子都弄翻了。

"你用这把推子给死了的动物剃过毛？"

活着的动物可以，克里勒也没问题，但是死动物……

"亲爱的，别急呀！事后我当然清洗过它呀。你以为我是什么人？笨蛋么？"

外婆直挺挺地弯下腰把椅子扶起来，她经常这样不弯膝盖。

"坐下。"她边说边用她长长的蓝色指甲敲击椅背。

我突然犹豫起来。

"嗯，我不知道我还要不要继续。"

"你自己决定。"外婆耸了耸肩说，"反正疯掉的不是我妈妈。"

"嗨，你们好呀！"

是玛伊肯。她边走边啃一根看上去还结着霜的棕色香肠。

"你的声音真的能把死人叫醒。"外婆说着捂住了耳朵。

"我知道！"玛伊肯兴高采烈地继续说，"你看起来有意思极了！"

她拿出手机，从我身后拍了一张我头部的照片，笑了起来。

"给我看看。"我恼火地说。

她把手机给我看。在后脑有一条长长的、几乎没有头发的竖道，两侧头发都很长，是棕色的。在我的头顶，刘海在夹头发的夹子上直挺挺地竖着。

"我刚说过的，"外婆说，"你自己选择。"

"我还是继续吧。"我在椅子上坐下来，闷闷不乐地说，"但是，注意刘海！"

电推子的嗡嗡声又开始了。

"还有，把照片删了！"我尖声冲着玛伊肯喊道，伸出一根警告的手指按向她长满小雀斑的朝天鼻，她的鼻子好像上翘得更厉害了。

"让我想想，我要怎么做。"

"删除！否则不客气了！"

"也许吧。"

玛伊肯把香肠像雪茄一样塞进嘴里，然后走开了。为什么每个人都能在我看起来像傻子一样时随随便便给我拍照呢？外婆把剃头推子按在我后脑上。头发从背上滚落下来，一绺、一绺的。推子经过的地方皮肤开始发热。

"外婆……我的意思是沙洛特。"我说。

"嗯？"

"你以前被人喜欢过吗？我的意思是，在朋友中？你有没有过很多朋友？在学校一类的地方？在工作中？"

"有啊，我有过朋友。但很多人都极其无聊，无聊到钟表都停摆的地步。我觉得，你可能不明白有些人可以多么令人无聊。很多人把人分为好人和坏人，但这很荒谬。人或者很有魅力，或者很无聊，这是我完全可以肯定的。在我工作的地方，那里的人固执地坚持每天讨论食物。食物！'今天你带了什么便当，沙洛特？'哦，不，我不得不结束那里的工作，所有人一定都能理解吧。"

"可你上学的时候呢？"

"有啊，我有朋友。但我其实感觉自己一个人待着挺舒服的。很多人太……太黏人了。'你们后来再也不来看我了！'他们会在你去看望他们刚刚跨进房门的那一刻，叽叽歪歪地说这些话。然后，他们就会给你介绍自己要怎么装修厨房和餐厅,或者说他们要去希腊旅游。一大堆无趣的废话,毫无信息量!"

"正因如此你爱上了外公?因为他沉默寡言吗?"

外婆笑了起来。

"没错,也许可以这么说吧。你外公不管我,让我随心所欲。这是他最大的优点。"

外婆放下推子,拿起梳子和剪刀。她梳起我一缕头发,把最上面的部分剪掉,然后再梳起一缕。一小团、一小团的棕色头发掉到膝盖上。我在思考外婆刚才说的话,听上去更像是外婆去选择身边的人,而不是别人选她。

头发剪好后,外婆拿着一个带金边的镜子竖在我面前。我转向各个方向,仔细研究我的新形象。刘海比以前短了许多,但我还是能让它把那只眼睛挡住。两侧的头发大约都只有几毫米长。我真的很惊喜,看起来很好看!我比以前帅多了!

"哇!"我说,"谢谢,沙洛特,棒极了。"

"我知道呀,"外婆说,"现在你也许会感激我曾经在屋里的狐狸和水獭身上练过手了吧?"

"嗯,确实。"我说。

她把镜子放在一旁,拿起推子,把留在上面的棕色头发吹掉。她金色的睡衣在阳光下一闪一闪的。

"一个人想要被别人喜欢,你觉得应该怎么做呢?"

"嗯，我年轻时，如果想要受欢迎，那就要请大家抽烟，还要会跳舞。"

"好吧，谢谢，外婆……沙洛特。"

也许这个建议不是太实用，但我还是决定把它写在我的本子上。

"不过被其他人喜欢这件事儿，"外婆沉思了一会儿，"是不是有点儿被高估了？如果你足够爱自己，你就开启了持续一生的浪漫！"

银行里密存的一百万

外婆在外公去世后就不再工作了。她距离退休还有几年,但她不想再工作了,而且她也不需要再继续工作了。她从外公那里继承了一小笔钱,那是外公偷偷存起来的,没告诉过任何人。外婆说,不管怎么样,这个秘密不算太糟糕。和有些更不幸的人相比,外婆觉得,外公没有告诉她银行里存着一百万也算不上什么坏事儿。这其实是个好消息!

这些钱来自外公发明的一样东西。外公是发明家,就像我一样,至少在业余时间吧。白天他在造纸厂工作,没错,就像你们猜想的那样，造纸。但是晚上和周末，他就把自己关进地下室发明东西或者摆弄他的火车轨道模型。社交这个词似乎不能用在外公身上，而且他也没有社交能力。他一天说不了几个词，差不多平均每天说四五个吧。"你好，谢谢，给我倒杯咖啡，晚安"。外婆曾经说起过，他在三十岁之前把他想要说的话都说完了，然后他就差不多成了哑巴。我现在也不敢肯定，她这句话是不是在开玩笑。

外公发明了很多无用的东西，例如：奶酪涂抹棒。那是一个盛放奶酪的东西，看起来很像胶棒。这样把奶酪抹在面包上就不需要餐刀了，人们只需用这根涂抹棒就可以了。看起来就像在给三明治涂胶水一样。他还是挂瓶项链的发明者，这个东西就像它的名字一样，是一种皮绳类型的项链，人们可以把啤酒或者饮料挂在脖子上，这样就能把双手腾出来了。玩轮滑的时候非常实用！（不过要记得拧紧饮料瓶的盖子，这点非常重要，我是有过教训的。）

我最喜欢的发明还是雪球挖勺。它看上去就像冰激凌挖勺一样，但是更大一点儿，人们可以用它挖出完美的雪球。外公在地下室里保存了大约上千个这样的挖勺——这个东西卖得不是很好，因为人们自己用双手团雪球似乎也不太困难。此外，制作这个东西太贵了，每个雪球挖勺成本要四百克朗。

但是，不管怎么说，外公发明了那个传奇的切蛋器。那是一个塑料质地的东西，人们可以把煮好的鸡蛋放进一个蛋形的槽里，然后用一个带有差不多十根细钢丝的东西切鸡蛋，这样鸡蛋被切分成完美的薄片。你当然可以拿刀来切，但切蛋器可以避免手上沾到鸡蛋，而且所有的切片厚度都一模一样。很显然，外公从这个发明上赚了不少钱。外婆是知道的，但她以为他把钱都花在了其他发明创造上。改善和制造奶酪涂抹棒、挂瓶项链和雪球挖勺都需要花很多钱，更不用说还有躺卧自行车、头发速干帽以及那个后脑带有吸盘的建筑安全帽了。戴上那个安全帽，人们可以把吸盘吸在地铁车厢一类的地方，这样就可以在上班的路上睡觉了。它在日本大获成功，因为地铁里很挤，大家几乎都是站着的。

外公留下的钱足够让外婆立刻到原工作单位，拆下挂在她办公室门上亮闪闪的黄铜名牌。她再也没有回去。那个名牌现在被挂在大浴室里面的卫生间牌子上方。

就在几个星期前，妈妈还问起过外婆是否想念她的工作和同事。外婆像看疯子一样看着她。

"和我想念去年夏天脚底下长的疣子差不多吧。"

外婆和妈妈是完全不同的两类人。妈妈喜欢工作，还经常会说"邻居们会怎么说？"这一类的话，她想要"一个普通的生活"。外婆则不愿总是待在一个固定的单位，她似乎不在意别人的想法，不明白"一个普通的生活"意义何在。她想要生活高贵、璀璨、金灿灿的，简单来说就是"辉煌"。

这也是我想要的。

我想念外公。想念在地下室里坐在他身边的感觉，看着他在本子上画图，在电脑上设计物品或者自己亲手制造出那些不需要工厂加工的东西。他几乎什么话都不说，但听着他绘画时铅笔划过纸页的声音或者他变换姿势或伸手拿东西时皮质扶手椅发出的吱呀声，都是那么温馨美好。他擅长绘画，能够从各个角度把发明的东西画下来。我八岁生日时，他送给我一本厚厚的本子来记录我自己的想法。他说，纸页上面没有横线非常重要，这样我也可以把想法画下来。我觉得，就是从那时起，我开始认真画画。此前我对绘画不是很感兴趣，但是一旦涉及把自己的想法画下来，绘画立刻就变得有意思了。我练啊，练啊，不停地练习，为了像外公那样专业，我学会了从不同角度来勾勒线条，从上方、下方、侧面，还学会了使用阴影，学会了反射在金属上的光线和反射在塑料上的光线看起来是不同的。现在我仍然随身携带那个笔记本。

我经常把我的发明拿给外公看。那时的发明都是些幼稚的东西，很简单，比如一对用塑料杯子做的扬声器，或者可以粘在浴室瓷砖上的吸盘，或者一根最下面带着晒衣夹的长长的橡胶绳，可以在绳子下面夹上一本连环画杂志，这样可以在洗浴时看杂志，也不用担心把杂志弄湿。外公总是很认真地看我画的图，边看，边发出呃、呃的声音。有时他会指出可以改进的地方，但多数情况下他只是笑笑，抚弄一下我的头发说："很好！"我真的好想给他看我的"麻雀之箭"。我第一个外公级别的真正的发明。我想听听他怎么评价。

　　有时，我会忘记外公已经不在了。我只是想，他正坐在地下室里搞发明或者玩火车呢。我觉得，他在天堂也在做这些吧。

嗨，警察！我的花园守护精灵被偷了！

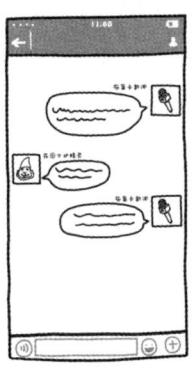

每次出门我都害怕朱诺会突然从某个树丛后面蹦出来，跳到我面前，控诉我偷走了花园守护精灵，但这种事情没有发生。随着时间的推移，我也越来越放松。也许她没注意到，或者她根本没有意识到那是我干的。

但是，有一天，波波正在用积木搭一座高塔，而我则坐在沙发上看着她，这时我发现，布莱克新闻评论了我发布在照片墙上的精灵图片。一开始我想不明白她是怎么发现我的账户的，然后我意识到，我圈了她的照片墙账户，所以这也不是什么难解的谜团。

我屏住呼吸阅读留言：

布莱克新闻：这是偷的！立刻归还精灵！

我坐直身体，心脏疯狂地跳动。这是个不错的消息！她似乎并不知道是我！我思考片刻，然后写道：

花园守护精灵：我自愿离开的。我受够了小城市的生活。我感觉自己受到了禁锢。没有自由。这种感觉就好像我作为人永远无法成长一样。

我删除，重新写道：感觉好像我作为精灵没办法得到发展。然后我继续写道：现在我感觉好多了。不要寻找我。我现在过得很好。/比尔博

布莱克新闻：归还精灵！！！蠢货！而且它不叫比尔博！他的名字叫汤姆·特兰德！

花园守护精灵：我觉得，我自己最清楚我的名字叫什么。而且是什么让你觉得我是被绑架的呢？如果我自己想出走，这很奇怪吗？换个视角，多年来我一直站在你们家的草坪上盯着同一块地方。我觉得，你无法明白一个精灵要做什么。我现在感到很自由！空气都变得更加轻盈！

布莱克新闻：我要报警了！！！

我盯着这行字。警察！救命！想想看，如果他们发现是我偷走了精灵怎么办？偷走一个花园守护精灵会受到什么处罚？罚款？不可能进监狱的呀？小孩应该不会蹲监狱吧？我

想知道，她报警时要怎么说。"嗨，警察！我的花园守护精灵被偷了！"

我不屑地笑了一下。波波抬起头，奶嘴含在一侧嘴角，她也笑了。我开始大笑起来。波波的笑容也越来越大。然后她也开始咯咯地笑出了声。她笑的时候真可爱。一头卷发，碧蓝的眼睛。我笑得更大声了，她也更大声了。最后，我在沙发上笑得前仰后合，狂笑不止。我从沙发上滚下来，摔到了毛茸茸的地毯上，直接压在一块尖尖的积木上都没能停止大笑。

剩余 45 天
一坨屎的表情符号

我和外婆一起坐车穿过一个洗车机器。我们坐在她的红色雪佛兰护卫舰敞篷车里，车篷是敞开的。车里水漫金山，我看到那些毛茸茸的蓝色刷子恐怖地越转越近。我绝望地对外婆说，她必须把车顶篷关好，把车窗都摇上，但她只是笑着说，这样就挺好！这样车和我们都会变干净。我们好几天都不用洗澡了！我试图反抗，但是突然无法说话了，因为旋转的刷子正巧刷到我脸上。有点儿温度，还有点儿粗糙，有点儿像……像爱因斯坦的舌头。

我睁开眼，就是爱因斯坦的舌头！我试着推开它，但根本办不到。我满眼都是它黑色的大鼻子和粉红色的舌头，舌头固执地舔我的鼻子上面、下面，还有我的一个鼻孔。

"不要，爱因斯坦，不要，不要。停下，疯子。我醒了！停下！"

我坐起来，试着找个东西擦擦湿漉漉的口水。我唯一找到的就是放在床头柜上的笔记本。我撕下一页，想把这页纸按在脸上，这时我发现，纸上写着字。我晚上睡觉的时候总是把笔记本放在身边，万一我半夜想到什么新的发明，那我就可以记下来。有时我会想到真正"辉煌"的好点子，比如那个渔猎标枪。但有时我根本看不懂我自己写了什么，上面都是凌乱的字符，没法辨认。也许它是梦中一个绝妙的想法，但等我醒来之后，就什么也不记得了。

这一次我写下的不是什么发明创造，而是完全不相关的东西。纸上赫然写着：和五个人交谈。

爱因斯坦拱了拱我的胳膊。

"好，好，小朋友。"我说着用手去挠它的耳后。

它把头凑到我的手上，喘着粗气，舌头从一侧嘴角垂下来。应该给它刷刷牙，它的口气不太好闻。我又看了一遍那张纸——和五个人交谈。现在我想起来这句话是什么意思了。我要进城，嗯，斯卡布莱克岛算不上城市，但我还是要到镇上去，试着和人交谈。谈谈我自己，提些问题，再开几个玩笑。我深吸一口气。我敢不敢？敢！如果我想要成为一个全新的受欢迎的人，那我就必须要让自己出门，把自己置身于人群中。我凝视着爱因斯坦。

"当改变命运的时刻到来，一个人不能只靠想象前行，你明白吗，爱因斯坦。他必须去尝试，在尝试中学会什么是可行的，什么是行不通的。"

这和发明一样。外公一直都这么说。一个人的想法必须要进行尝试，意识到有什么地方不可行，然后做出修改，尝试、再修改，一直到一个完美的发明诞生！

爱因斯坦舔我的手，好像在感谢我的大智慧。

吃过早餐，我认认真真刷牙，刷了整整七分钟，为了能真正做到口气清新，我穿上白T恤和黑牛仔裤。最后，我把脚塞进轮滑鞋里，系紧带子，在裤子后口袋里放上一包口香糖，香橙味的。只有疯子才会拒绝这个，我说服自己。一开始，我找不到头盔，最后在斑马的头上找到了它。斑马黑白条纹的脖子上还系着一条镶满珠片的亮闪闪的围巾，玛伊肯黄色的橡胶鞋在马前蹄上。

我戴头盔时听到妈妈和外婆的声音从厨房传来。她们在谈论怎样把餐具放进洗碗机。嗯，如果我不绞尽脑汁思考上千年，肯定不可能找到比这更无趣的话题。妈妈觉得，所有相同种类的玻璃餐具应该放在一处，所有同样大小的盘子应该排成一行,所有的叉子和叉子在一起、刀和刀在一起,所有的勺子也都单独摆放。

"这样的话,拿出来时要简单得多!"妈妈认为。

外婆则认为妈妈应该放松一些,这样的规则是愚蠢的。她觉得,人们完全可以每次随机拿出来几样东西。

这不是一个我需要听到结论的话题。

我戴上墨镜,喊道:"再见!"然后就摇摇晃晃出门了。

我小心翼翼地走过车库入口处的一排汽车,白色的吉普和宝马,我有意瞥了一眼红色的雪佛兰护卫舰。我满意地发现,它根本没有像在梦中一样被水淹没,它好着呢。

我来到柏油马路上,终于可以用力蹬上几下了。天哪,我太爱轮滑了。步行很枯燥,跑步更糟糕。但滑轮滑不一样!速度、风、滑行!感觉就像飞起来一样。

我的计划很简单。我要和我最先看到的五个人交谈。

第一人。

我还没来得及走出街区,就看到一位女士牵着一条毛茸茸的白色的狗,狗的腿上好像缠上了棉花团一样,而且是特别大的一团棉花。那位女士比妈妈年纪大,比外婆年轻,头上戴着浅黄色的太阳帽,遮着脸。我在她面前刹住。

"嗨。"我说。

"嗨。"她惊讶地回应。

"这狗真漂亮!什么品种的呀?"

她低头看着狗,笑了笑。

"谢谢,它的确好看,是西高地白梗。"

她说话东约特兰口音极重,甚至比外婆还重。

"它叫什么?"

"多丽。"

"啊哈,多大了?"

"五岁。"

"你是从小开始养的吗?还是……"

那位女士皱了皱眉,迟疑了一下,回答道:"……嗯,是从小养的。"

"它怎么样?嗯,作为一条狗来说,你怎么形容它的性格呢?"

"你为什么要问这些问题?"

"哦……我只是对狗特别感兴趣。"

见鬼……显然问题太多了。最好来谈谈我自己。

"我也有一条狗。它叫爱因斯坦。"

"是吗?是因为它特别聪明吗?"

我笑了笑,默许了她的问题。我从裤子后口袋里掏出口香糖。

"你想来块口香糖吗?香橙味的!"

"不了,谢谢。现在我得走了。"

她拽了一下狗绳,让多丽跟上她。多丽颠颠地紧走了几步,然后回过头来看我。我朝它挥挥手,但它扭过头去,继续朝前走。自命不凡的家伙。

第二人。

过了好一会儿,我才看见第二个"猎物"。嗯,我该怎么称呼这个人呢。布莱克和斯德哥尔摩不太一样,在大城市里,人们每隔一米都能撞上新的人。这个男人穿着一身黑,笨拙而吃力地向前走着,像一只在人行道上行走的熊猫,不过是一只戴着耳机的熊猫。我决定试试玛伊肯和浣熊男孩的套路,放松一点儿,我滑向他。

"啊哈,你走路呢?"

"啊?"

"嗯……你走路呢?"

"等一下,我什么都没听见。"

他摘下耳机,看着我。

"你说什么?"

他刚才一定把音量开得特别大,因为我站在几米以外都能听见音乐声。

"哦,我只是想说,你在这儿走路呢?"

"嗯……怎么?"

"我本人不走路。"我说,"我滑轮滑,正如你看见的。"

我笑了起来,指了下我的轮滑鞋,但他一脸茫然地看着我。我们沉默地站在那里几秒钟,目光紧紧锁死在对方身上。

最后他说:"啊哈,你还有别的事儿吗?"

"没有,其实没有。"

他又塞上耳机,向前走。或者说笨拙地向前挪动。

"再见!"我在他身后喊道。

但我觉得他听不到。

第三人和第四人。

突然,我看到一个认识的人。她有着一头绿松石色的头发和忧郁的目光——朱诺,她好像正在回家。我真的不想和她说话。我不得不允许自己偏离"与遇到的五个人交谈"的原计划,适当做出调整还是可以的。

于是,我继续向超市滑行,在那里总会有一大堆无所事事的人。我滑进超市,环顾四周,这里当然到处都是人,但这一次我在选择与谁交谈之前要先思考一下。

入口左侧有两个自动售卖机,距离收银台只有两三米的样子。我、玛伊肯和波波来这里购物时经常求外婆给我们五克朗或十克朗。我们把钱塞进售卖机,扭动手柄,这种感觉实在是太有意思了,简直不可思议。把一枚五克朗硬币塞进其中一个机器,就能得到满满一捧色彩鲜艳的圆形口香糖;把一枚十克朗硬币塞进另外一台售卖机,机器就会吐出来绿色或红色的塑料球,球里面装着玩具,有可能是一个笑脸表情符号的钥匙扣,一个带有史莱姆的小罐子,也许是一个荧光色橡胶质地的黏性手,人们可以像套索一样把它甩起来,然后扔向墙壁,它就会粘在墙上。

自动售卖机旁边有两个女孩,看起来和我年龄相仿,或者比我大一两岁。其中一个有一头垂肩的棕色卷发,另外一个头发是金色的。我深吸一口气,滑了两下,直接停在她们面前。金发女孩刚刚转动了玩具售卖机的手柄。她弯腰去打开小窗,小心翼翼地把塑料球拨弄出来。

"嗨。"我用一种我认为是放松的、有一点点酷的方式说道。

两个女孩抬头看着我,又看看彼此,然后高声地咯咯笑了起来,收银员和一个正在付款的男人都朝我们这个方向转过身来。我让自己不要被吓退。

"你拿到什么了?"我朝着塑料球点点头问道。

这个问题又引发了她们一阵咯咯的笑声。天哪,什么事情这么有趣?那个棕色卷发女孩朝着金发女孩凑过去,一边目不转睛地盯着我,一边在她耳边说了些什么。

"我不知道。"最后金发女孩说道,"我来看看。"

她试图打开塑料球,但没有成功。这时,她把塑料球递给了我。

"你试试看。"

我自信地点点头。我拧呀,转呀;再拧,再转。但尽管我使出浑身解数,还是完全没办法把这个塑料球打开。就好像有人用强力胶把它粘在了一起。

"对不起。"我说,"去收银台问问,看他们有没有锤子一类的东西。"

我本意是想开一句玩笑,但她们没有笑。哦,好吧。当我开玩笑时,没有人笑,但当我甚至根本不打算开玩笑时,她们却咯咯笑得直不起腰!

我把塑料球递给金发女孩时,不小心没拿住,把它掉在了地上,或者是她没有接住,这很难说。小球弹出好几米远,摔成两半。其中一半滚到一张桌子下,桌边站着两个正在填写彩票的大叔。但另一半原地转了几圈,停了下来。我滑过去,弯腰把它捡起来。墨镜差一点儿掉落,我赶紧把它推回鼻梁上。

"里面是什么?"金发女孩好奇地问。

"钥匙圈,"我说,"一坨屎的表情符号。"

我把钥匙圈和半个小球递给她。她看着一坨屎的表情符号,接着又看看她朋友。然后她们两个放声大笑,笑得前仰后合,倒在彼此的臂弯里。就这样她们离开了商店,弯着腰,捧腹大笑。我站在原地,一脸茫然地看着她们。

第五人。

就在我要出商店时,我耳边响起一个熟悉的声音。

"你好啊,希格。你在这里做什么?"

是克里勒·蛋白酥。他身穿白衬衫、灰裤子,手里拿着一个装满食物的塑料袋。他看起来好像很热,出了很多汗。

"是你呀。"我说,这不太好解释,"我正在尝试变得受欢迎,但是事情进行得不太顺利。"

我不知道自己为什么那么诚实。我以前从未对别人说起过这件事。但这些话却自己从我的嘴里蹦了出来。

"受欢迎,啊哈,嗯,那为什么你想要变得受欢迎呢?"克里勒说。

"是呀,难道这不是所有人都想的吗?大家都想变得受欢迎吧?"

"这我不知道,"克里勒说,"我从来没想过。"

我没有回答。能够不去想这类问题听起来太爽了,但从另一方面来讲,克里勒·蛋白酥也不用去学校,不用每天都遇到巴德一样的蠢货,也不会被人叫"娘娘腔",不用听别人说你身上有一股尿味。

克里勒看着我,若有所思。

"你要回家吗?我们做个伴?"

"为什么不呢?"我说,因为我感觉自己已经筋疲力尽了。

练习和人交谈这件事真的不容易。我决定,克里勒就是我的第五个"猎物"。

"不过,能遇见你真是好极了,"克里勒说,"我正好可以给你讲讲我刚刚构思出来的电影想法!现在,你会听到探险者罗伊·鲍姆加登·卡斯提洛的故事,他刚刚听说一种罕见的古代动物生存在巴西最黑暗无光的热带雨林里!"

噢,天哪。应该是我成了克里勒的"猎物"才对。

精灵做水疗

傍晚来临,我在家中玩我的弹珠游戏机,为了增加积分。我酷爱那种把银闪闪的弹珠弹出去的感觉,喜欢让它在四壁和障碍间弹来弹去。我爱砰、砰、哐啷这样的响声,听起来就像在敲铜锣,我要是能把球推进一个细长的通道并且击中那里的红色按钮,我就可以额外得到五万分。我还喜爱持球挑战,尽量长时间控制弹珠不让它滚落,一旦它落到其他弹珠中间,游戏就结束了。我这边的游戏声音消失后,我听到波波房间里自助点唱机传出的声音。

Please, let's forget the past

The future looks bright ahead

Don't be cruel to a heart that's true

（拜托，让我们忘掉过去

未来一片光明

请不要伤害一颗真挚的心）

我能识别这个声音，又是猫王[1]，波波真的痴迷于这位老歌手。我走到窗前，看向院子。光线是灰白色的，外面淅淅沥沥下着小雨。这并不能阻止玛伊肯和浣熊男孩待在户外。他们四处跑，采摘一大捧的蒲公英叶，然后把这些叶子倒进卡罗琳娜的围栏里。

自从我们搬过来之后，卡罗琳娜的生活确实有所改善，待在有新鲜空气的室外一定比在斯德哥尔摩家中的笼子里要有意思得多。

它其实是斯维德里克的乌龟，但他似乎从来都没喜欢过它，于是分居后，妈妈就把乌龟带走了。妈妈不能忍受动物遭受不幸，斯维德里克是最不擅长记得给卡罗琳娜食物、水和爱心的人。我们家还有豚鼠，以前是妈妈同事的孩子养的，但几个月后她们就厌倦了。妈妈觉得它们太可怜了，于是立

---

[1] 猫王：美国摇滚乐男歌手、演员，埃尔维斯·普雷斯利。

刻就收养了它们。

从这方面来看,妈妈和其他父母挺不一样的。我班级里很多孩子,至少在低年级阶段都特别想要一个宠物,但父母都拒绝了。我妈妈就不会。如果她觉得一个动物足够可怜,就可以把它带回家,几乎什么动物都行。我觉得,正因如此,她很难接受外婆的动物标本。如果待在客厅里的是一匹活的斑马,那妈妈可能更容易接受一些。

现在,玛伊肯和浣熊男孩在玩捉迷藏。从窗户里我可以看见玛伊肯藏在吊床后面,但是浣熊男孩看不见。他四处走,漫无目的地寻找,找找简易帐篷后面、木柴堆后面、覆盆子树丛后面。我感到一阵心痒难耐的恼火,我觉得这种感觉应该就是嫉妒。并不是因为我想要玩捉迷藏,而是因为她有人一起玩。我不得不通过练习让别人喜欢上我,而她却直接就做到了。

花园守护精灵站在书桌上,戴着红色的尖顶小帽子和墨镜,微笑的嘴角还叼着一根烟。我想到了朱诺,想到了几天前见到她时她的样子:绿松石色的头发,气鼓鼓的表情。我决定再在花园守护精灵的照片墙账户里放一张新照片。

我把精灵拿到浴室里,找出我们小时候洗澡用过的黄色浴盆。妈妈也用过,不过很难想象,她怎么能坐得进去。我把浴盆灌满水,放上泡泡浴液,然后把精灵放在里面。它快要被淹没了,于是我不得不把它拿出来,再倒掉一些水。现在，它只从白色的泡沫中露出头来。但是还缺点儿什么。我跑进波波的房间，那里猫王正在点唱机里扯着嗓子号叫。

妈妈也在波波房间里，她正在帮助波波换睡衣。她一边把浅紫色的睡衣套在波波头上，一边说："波波，你知道的，晚上你不能往点唱机里放太多硬币，否则猫王的歌声就永远都停不下来，而猫王这么大声歌唱，谁也没法睡觉。你明白吗？"

波波点点头，好像她听懂了妈妈的话一样。不过昨天晚上我就听过她们之间一模一样的对话了。

"波波，有个东西可以借我用一下吗？你过家家用的。"

"你要干什么？"妈妈问。

她说话声音很高，为了盖过音乐声。

"就是一个东西。"我说着打开了过家家灶具的门，这时，玫红色的塑料盘子、花朵图案的瓷杯子和小锅小碗一股脑都滚落到地板上。

我在中间翻找半天，直到找出一个透明的塑料杯子。完美！我站起来准备走，但妈妈瞪了我一眼。

"怎么了？"

"你弄出来的，当然要收拾回去再走。"

我跑回来，把所有东西又塞回过家家灶具里，迅速关上小门，以免有东西再掉落出来。我走过床边，波波朝我伸出她圆滚滚的胳膊，说道："嗨嗨！"于是我抱起她，给了她一个大大的晚安拥抱，抚弄了一下她柔软的卷发。

歌曲停下来，但很快又重新开始了。妈妈叹了口气。我走到点唱机的电线前，把它从插座里拔了出来。猫王的声音立刻消失了，妈妈惊喜不已。

"谢谢！谢谢！希格！天哪，我为什么没想到呢？"

我耸耸肩。

"因为家中的天才是我？"

"当然是这样。"妈妈说，"你走的时候随手带上门。"

在玛伊肯的房间里，我从她床旁的一个可乐瓶子里找到一点点剩下的可乐。我把可乐倒在刚拿到的杯子里，把杯子放在浴盆边沿上，再点上一支蜡烛烘托气氛。然后我跑到厨房切了两片黄瓜，因为人们泡澡的时候都喜欢把黄瓜片敷在眼皮上。我把黄瓜片放在精灵的眼睛上，它的整张脸几乎都被遮住了。我需要把它稍微倾斜一点儿，不然黄瓜片就会滑到水里去。

在泡沫噼里啪啦的爆裂声中，我拍了一长串照片，然后放在了花园守护精灵的账号下。令我惊讶的是，我现在有一百零三个粉丝了！他们都是从哪儿来的？我写道：在做水疗。让自己享受一次奢华的芳香精油按摩，现在正在低碳环保的玫瑰花水中沐浴。我一生都感觉自己僵硬、死板，但现在我终于可以放松一下啦。/比尔博

剩余 44 天
一只喝奶昔的狐狸

与人交谈这件事的确不那么简单,我决定先把这件事放一放,我要先把精力集中在钱上。因为如果我想要"重新启动",那就需要钱,很多很多钱!我坐在床上,查看我有多少存款。在一个黄色的大象存钱罐里,我有六百六十七克朗。数目不少了,但很可能不够我买隐形眼镜的,而这是我最需要的东西。因为我知道,斜视使得我有时候在陌生人面前行为怪异。我不敢看他们的眼睛,总是低头盯着地面看。或者我看他们时,为了不让他们注意到我的斜视,我会侧过身去。而且，头发也是如此，我总是让刘海挡住一只眼睛，虽然别人觉得这样子很奇怪，但还是好过他们觉得我看上去像个斜眼的傻瓜。戴上隐形眼镜，我就可以看着别人的眼睛了。因此隐形眼镜是当务之急，是最先要买的。

有那么一刻，我在想，也许买渔猎标枪是件蠢事，不管怎么说，它都花了我三百克朗，但过后，我还是确定，这笔买卖还不错。如果我没有搞发明需要用的东西，那作为发明家，我要怎么继续往下发展呢？

我每周有五十克朗零花钱。夏天结束前的这几个星期（大约六个）还能再给我三百克朗。还是太少了。我怎么才能入账更多的钱呢？嗯，工作是收获现金的经典方式。有人会给一个十二岁的孩子工作吗？不说别的，我能胜任一份工作吗？而且参照妈妈找工作的难度来看，工作应该不会随随便便砸中我。

突然，外婆打开了我的房门。今天，她穿着闪闪发光的绿色连身裤，戴着好几条银光闪闪的项链，这些项链的重量至少超过一公斤。她气喘吁吁地说道："帮帮忙。"

我跳下床，帮她把在跳蚤市场购买的那幅巨大的画作挪进屋子里，这幅画是用来遮挡弹珠游戏机旁墙壁上的坑的。坑是一位德国住客想要把他的钢琴搬走时不小心弄的。他一定以为自己是超人吧，普通人谁又会试图自己去搬钢琴呢？又有谁会把一架钢琴带到另外一个国家去呢？！不管怎么说，他刚刚给自己涂好防晒油，因此双手又黏又滑，就在他尝试把钢琴挪出房间时，因为没能抓住，失手了，于是——砰！墙上出现了一个又大又深的坑，差不多像一个雪车冲撞出来的坑。不过好在那个德国人自己没事儿，只是受了点儿惊吓，还有他的大拇指被夹青紫了。

走运的是，这并不是一个穿透墙壁的大洞，否则的话，我就要被迫听到玛伊肯的说话声了，那将和我们当年同住一个房间时一样清楚。这个坑就像是把墙壁往里面按压进去十厘米左右，我不觉得有什么问题，但妈妈说它看上去很"难受"。一开始，外婆想要在这个洞前摆一张小桌子，在小桌上面再放两只红棕色的胖水貂标本。不过我可以告诉你们，虽然我不怎么怕黑，但当我要睡觉时却看到黑暗中有两双圆圆的大眼睛闪着光，那还是相当吓人的。第二天水貂就被请了出去。现在，它们被摆在波波房间里的书架上。她好像不觉得它们吓人，她把它们当作毛绒玩具，给它们起名叫鼬鼬和貂貂。

我们把那幅画搬进屋里，外婆取来工具箱，在坑的上方钻孔，安装上一个大钩子。然后我们就一起把画抬起来，摆放到位。

我们后退几步，观察画挂得正不正——差不太多。外婆调整了一下。完美！现在那个坑完全看不到了。

"击掌庆祝一下吧，亲爱的。"外婆说完用手掌使劲地拍我的手掌,她太用力了,弄得我手掌火辣辣地疼。

我揉了揉手,但外婆没有注意到。

"不是每个人都能弄到一幅大艺术家布鲁诺·利赫佛斯的大师级画作挂在房间里的。"外婆说。

"嗯,没错,确实如此。"说实话,我同意跳蚤市场上恼火的大叔说的话,这幅画上的落款签名其实是 R 而不是 B,是鲁尼·利赫佛斯。

我们坐在床上观察那幅画。那只歪歪斜斜的动物,有着一条松鼠尾巴,胖胖的前爪看上去像树桩。

"你觉得,这是一只狐狸吗?"我问。

"当然是啦!"外婆说。

"这幅画是不是有点儿奇怪?在画上,几乎所有的地方都覆盖着白雪,狐狸站在一个雪堆上,但它还是要从一个湖里喝水?"

"这有什么奇怪的?"外婆问。

"嗯,如果地面上都覆盖着积雪,那湖面是不是也应该冰封呀?"

"嗯……不过它是粉红色的。也许这不是水?也许是奶昔?"外婆高兴地说,她站起身来,拿起工具箱。

"喂,沙洛特,"我说,"你有没有工作给我做?"

"工作?"

"嗯,你需要完成的事情?我可以从中挣点儿零花钱?"

"啊哈！我明白。让我想想！并不是没有可能。"

她出门时，工具箱恰巧撞在了门框上，把门框磕出一个小坑来。

"哦，天哪！"她说，"我修了一个坑，结果又制造出来另外一个。"

"嗯，不过这个坑小很多，"我说，"几乎看不见。"

"还是很烦人的。"外婆说着点上一根香烟。

"我们要在这里挂上一幅特别特别小的画。"我说。

她哈哈大笑，灰白色的烟雾从她的口中打着旋儿飘出来。

"这个主意不赖，希格！一点儿都不赖！"

克里勒·蛋白酥

你们可能会问,外婆唯一的房客为什么会叫克里勒·蛋白酥?嗯,事情是这样的:克里勒春天刚刚搬来这里住时,我们正巧来看望外婆,那一次我和玛伊肯在四处寻找好吃的东西,最终找到了一大包蛋白酥。我们坐在客厅的沙发上,咯吱咯吱地吃了起来。一块蛋白酥接一块蛋白酥再接一块蛋白酥,酥脆的白色蛋白酥屑像雪片一样在空中飞舞,就在这时,妈妈突然跑过来。

"别把蛋白酥都吃光了!"她喊道,"这是克里勒唯一能吃的东西！他对其他所有东西都过敏！"

妈妈很紧张，因为这次看望外婆不是一次普通的拜访。对，不是，这次妈妈要询问外婆我们是否可以搬进她家来住一阵子。这个请求是一件大事，因为这意味着，外婆的布莱克皇家金色大饭店就再也不能入住其他客人了。但妈妈其实不需要焦虑。外婆只思考了五秒钟，然后说道："亲爱的，当然可以了！你们想住多久就住多久。"

事后，我们发现蛋白酥是克里勒喝咖啡时唯一能配着吃的小点心，因为他对面筋过敏。他不能吃小面包和糕点，因为那里面有面粉，而面粉里面有面筋。但是我和玛伊肯不明白这个，我们以为，妈妈的意思是说，蛋白酥是克里勒唯一能吃的东西。一开始我们很嫉妒，想想看，对除了蛋白酥以外的所有食物过敏！被迫永远只能吃蛋白酥。太奢侈了！

但是过后，我们仔细一想才意识到，这样子只要一天或者两天之后就会把蛋白酥吃腻。一直到晚饭之前，我们都无比同情克里勒。他走到哪里，我们就跟到哪里，希望能让他的生活变得更轻松一点儿，例如：我帮他寻找拖鞋，玛伊肯自告奋勇帮他梳头（他婉拒了）。

晚饭前妈妈要我们来摆餐具，我们把一大盘蛋白酥放在克里勒面前。妈妈只是摇摇头，把盘子拿走了，但我们又把盘子放了回去。"你是不是已经忘了？"玛伊肯说，"他只能吃蛋白酥！！！"

然后妈妈就解释给我们听，误会解开了。从那天之后，他就成了一家子瑞典人口中的克里勒·蛋白酥。好吧，也许不是完完全全的瑞典人，也许只有一小部分瑞典人血统。但对我、玛伊肯和波波来说，他就永远成了克里勒·蛋白酥。

做自己就好

尽管已经晚上十点多了,但太阳还没有完全落下去。我已经放下遮光卷帘,但光线还是从两侧缝隙中渗透进来,使得房间染上一层淡淡的黄色。爱因斯坦跳到床上,沉沉地趴在我的脚上,热乎乎的。可爱的小呼噜声从它的大嘴里飘出来。其实它是不可以上床的,因为它掉毛太厉害了,但我允许它上床。这种感觉太温馨了,此时此刻一个人再也不会感到孤独。门吱呀一声响了,妈妈探进头来。

"嗨,亲爱的,我只想来看看你睡了没有。跟你说声晚安。"

她悄悄走进来,坐在床边。她已经换上了居家裤和洗得发白的T恤衫,棕色的头发用一根皮筋扎在头顶,发丝朝着各个方向散开来,像一座小喷泉。

"天哪!这是什么啊?"她看见爱因斯坦之后说。

她语气听起来很严厉,但我相当肯定,她是装的。

"对不起。"我说,"不过它躺在这儿,太有亲密感了。"

爱因斯坦抬起头,好像明白我们在说它。

"我明白。"妈妈微笑着说,"往里面一点儿。"

我往墙边挪了挪,妈妈在我身边躺下。

"我说过吗,我觉得你这次的发型非常好看?"

"只说过十来次吧。"

妈妈笑了。然后她又严肃起来。

"你过得怎么样,小希格?"

"挺好的。"

"真的吗?你确定吗?"

"真的。我喜欢住在这里。"

"我就知道。这让我很高兴。"

她的手指穿过我的刘海,把它梳拢向后面。我知道,她内心很不安,为我,为我没朋友。她看我时,我有时也看着她的眼睛。

记得去年秋天我的生日,她想要邀请全班一起来玩,或者说,至少所有男孩都一起来。她打算办一个保龄球生日宴。"他们会喜欢的吧?"妈妈问,"他们会觉得很有意思吧?"

我不知道他们是否觉得保龄球有意思,但不管他们是否喜欢保龄球,我本人并不喜欢。此外,我知道,如果是我来举办这个保龄球生日宴,那他们就都不想来了。他们为什么要来呢?他们并不是我朋友呀。我们之间话都不说。妈妈满脑子都是她的这个想法,她好像忘了询问我的意见,而我也不想让她难过。她做各种准备工作时似乎特别开心,她提了上千个问题,"你们用'生日宴'这个词吗?你这个年龄的孩子会不会觉得这个词很土气?""活动后吃比萨可以吗?他们会喜欢吗?""有人有过敏的东西吗?"我都以一句叛逆的"不知道"来回答每一个问题。她预订了保龄球馆,预订了比萨,还在电脑前整整工作了一个晚上来制作请柬。我什么都记得——她制作了一张带亮闪的黑色保龄球图片,在这个圆圆的球体里有一行浅紫色的文字,文字看起来就像霓虹灯在闪烁。"欢迎来到希格的保龄球生日宴!"直到她通过邮件把请柬发送给男孩子们的父母时,我才开始阻止,叫停这一切。也许因为这件事在那一时刻就要成为现实了。

"你不明白吗,妈妈?"我哭着说,"我不想要生日宴!"

我永远都忘不掉我说这句话时她的脸,还有她的表情,惊讶和受伤同时显现出来。

"可为什么呢?我想着,这是一个很好的方式……嗯,可以交朋友吧。你们一起做点儿事情……那……那应该会简单一点儿吧？比干坐在那儿聊天好多了。"

"可是，没有人会来的！你不明白吗？"我喊道。

不，妈妈并不明白。我看到她的眼里也噙满了泪水。

"可我觉得……应该没问题。"

"嗯，可是不会没问题的。"我说，我让声音尽量冷酷一些。

情况确实不太好。

有些人甚至没有回复请柬，剩下的人都婉拒了邀请。就连瓦尔特也拒绝了。

我觉得，直到那一刻妈妈才真正明白。

我们退掉了保龄球馆的预约。妈妈、玛伊肯和我一起来到一个名叫"滚轴和保龄"的地方。这里确实也有保龄球，但是最主要的是，这里出租滚轴溜冰鞋，还可以使用他们的滚轴溜冰场。后来我们一起吃了素食汉堡，喝了奶昔。那是一个美好的生日，尽管一切都蒙上了一层淡淡的忧伤。

床咯吱响了一声，爱因斯坦换了一个姿势，爪子在睡梦中挪动。妈妈抚摸我的额头，把刘海撩到旁边，看着我的双眼。面对她，斜视并不是问题。我也看着她。

"妈妈。"我说。

"嗯。"

"你知道有没有好的方式……嗯……和别人开始交流？有什么诀窍吗？"

她看上去好像在思考。

"嗯,你看……我觉得,最好的方式就是做自己。"

妈妈亲吻我的额头。

"特别是,如果一个人像你那么绝妙的话。"

我做了个苦涩的鬼脸。

"只因为你是我妈妈,你才会这么说。"

"也许吧,但我这么说也是因为这是真的。希格,我爱你,你知道的。睡吧,我也要去睡觉了。我希望明天早晨面试新工作时精精神神的。我太太太希望得到这份工作了。"

"我也希望如此。"我说。

她站起来,打开门,门又咯吱咯吱响起来。

"我必须给门轴上点儿油!做个好梦。"

"你也是,妈妈。"

爱因斯坦的呼噜声越来越响,此时我在思考妈妈说过的话。做自己就好,这我不信。这也许在玛伊肯、外婆或者爱因斯坦身上能奏效,但对我来说永远都没有用。

剩余43天
踢我屁股一下

"那现在我就全靠你了。"妈妈说着,眼睛瞪得圆圆的看着外婆。

"鬼才信。"外婆说着点上一根香烟。

妈妈恼火地用手挥去烟雾。

"你确定可以吗?我应该会离开三四个小时吧。"妈妈说。

外婆的眉头微微皱了一下。"当然可以,汉娜!上一次就挺好的,不是吗?"

"挺好、挺好。"妈妈清了清嗓子。

上一次妈妈出门，玛伊肯和浣熊男孩决定，我们要开一个派对，给所有动物都安排了亮闪闪的派对帽。不仅仅是那些动物标本要戴，爱因斯坦、豚鼠和卡罗琳娜也要戴。卡罗琳娜的头太小了，戴不上帽子，于是就把帽子放在它的龟壳上。塔赞和弗拉瑟把它们俩的派对帽吃掉了，此后好几天拉出的屎里都有极小的亮闪闪的紫色和绿色小纸片。爱因斯坦戴着派对帽，一直看起来闷闷不乐的样子，直到妈妈回家。

"不要一脸怀疑的样子，亲爱的。"外婆说，"我以前照顾过孩子！你也许还记得。"

外婆把一大盘装满小面包的盘子放在桌子上。这些面包当然不是自家手工烘焙的，她绝不会有自己动手烤面包的念头。这些面包是她购买的冷冻面包，在微波炉里热一下就可以吃了。但是这些面包用了更多的黄油、葡萄干、肉豆蔻，因此比我吃过的任何自家烘焙的面包都好吃。

"嗯，确实如此，我很少考虑到这一点。"妈妈一边拥抱我，一边悄悄对我耳语说。然后她亲了我的脸颊一下，于是整个脸颊都变得湿漉漉的。我笑着用袖子擦掉这个湿漉漉的亲吻。

妈妈对外婆在她小时候的教育方式不是特别满意。外婆不相信"规矩"，因此妈妈想做什么都可以。最奇怪的是，妈妈想要有规矩！没人理解为什么。在她九岁那年，当她的老师她跟她说，晚上最迟八点半要上床睡觉时，妈妈震惊了，因为她从未有过必须上床睡觉的时间。她接受了这个规矩，就像上帝写下的法条一样，此后一直都在那个时间点之前上床睡觉。

妈妈绕着桌子走了一圈，拥抱了波波和玛伊肯，亲吻她们，抚弄她们的头发。然后她摸了摸口袋。

"钥匙、钱包、手机……手机！手机在哪儿？"

妈妈的目光中有了一丝紧迫，开始在厨房和餐厅中穿梭，抬起各种东西翻看：纸张、工具箱、毛绒玩具、扑克牌……

"天哪！它在哪儿！你们能帮我找找吗？我不能迟到！我不可以迟到！我不允许自己迟到！"

妈妈很紧张这次工作面试，这一眼就能看出来。她把头发梳成发髻，穿上一般情况下从不穿的白色花边衬衣，她说话的声音又高又紧张。玛伊肯还平静地坐在原地啃她的面包，但我知道这种说话声音意味着什么。波波也从自己的椅子上跳下来，开始漫无目的地在餐厅里找起来，她打开柜门和抽屉寻找。她甚至去看了洗碗机，检查了微波炉上面摆放的狐狸标本张开的大嘴。

"可是，汉娜，亲爱的，距离汽车开走还有十五分钟呢。"外婆说着吹出几缕灰白色的烟雾，使得餐桌上的空气微微混浊起来。"你还有的是时间呢，"她继续说，"别着急，镇定，我本人总是喜欢迟到。"

"我去客厅找找。"我说着冲到那里。

"我和你不一样妈……我是说沙洛特，我会在意很多事情！"妈妈生气地说，同时她绝望地在手提包里翻找。

"时间是一件世俗的东西。"外婆说。

"对一个要去面试的人来说不是！"妈妈几乎高声叫喊起来。

我看到手机了，它就在桌上，电视遥控器旁边。

"我找到了！"

妈妈一下子出现在门口。

"你找到了？上帝，太好了！谢谢，亲爱的希格，谢谢、谢谢、谢谢！"

她穿着鞋子走进屋里，拿起手机，放进包里。

"祝我好运。"她说，但立刻改了主意，"不，别祝我好运，这意味着厄运。踢我屁股一脚。剧院的女演员们都是这么做的。"

"你没参演过什么剧目吧？"

"没有，但有时会有这种感觉。"她说完笑了起来。

我在她身后朝着半空中踢了一下，然后她就冲了出去，高声喊道："再见！这次不要派对帽子啦！"

她打开门廊的大门，消失了。

"好极了，现在我们终于可以平静一下了。"外婆说，"你们谁要特浓咖啡？"

外婆一定是在开玩笑，但波波抬起了头，急切地挥舞着手臂。

"好的，波波，特浓咖啡马上就到。"外婆说完就开始往咖啡机里倒咖啡粉。

派对水貂

下午,我坐在院子里的躺椅上,在手机上看各种花样滑冰的视频,这时,我看到布莱克新闻在照片墙上艾特了我,或者说,艾特了花园守护精灵。我点进去,首先看到的是一张花园精灵的照片。那是一张相当模糊的照片,它站在花坛上。我继续往下翻,又跳出来一张照片,是我上传的第一张精灵戴着墨镜,叼着烟蒂的照片。

斯卡布莱克偷盗案!7月1日到5日间某时,布莱克新闻编辑部外的一个花园守护精灵被盗。精灵大约三十厘米高，被盗时头戴红色尖顶帽，身穿蓝色上衣，系棕色腰带。小偷不仅盗走精灵，还将它肆意毁坏，同时以精灵的名义开设假冒照片墙账号 @runawaygnome。如果你见到精灵或曾目睹偷盗精灵行为，请立即联系布莱克新闻编辑部。

一开始我还有点儿感到良心不安。但当我进入她的账户，看到那张我飞过她家的篱笆墙时目光迷离、头发散乱的照片，这种内疚感就消失得无影无踪了。刻薄挑事的人是朱诺！而且谁会在意一个旧的花园精灵呢？这和我偷一辆自行车、一只猫和一箱金子一类的东西不太一样。这是一个毫无价值的精灵，对任何人都不会有任何用处！

当我打开花园守护精灵的账户时，我高兴地看到，现在我有两百四十个粉丝了！人们好像很喜欢花园守护精灵！他们写评论或放上笑哭的表情符号。很多人还艾特他们的朋友来关注账号。我开心地笑了。妙极了！

我从椅子上蹦起来，跑进房子，从斑马身边跑过，今天它戴着一个巨大的黑呢帽，然后我冲上台阶，来到自己的房间。这种感觉就好像精灵正在书桌上等我一样。它已经准备好踏上新的冒险旅程了。我有了一个主意。过了好一会儿，我才找到闪闪发光的派对帽，我最后在厨房的微波炉上发现了它们。（那些还没有被豚鼠吃掉的派对帽。）然后我来到波波的房间,把精灵放在鼬鼬和貂貂中间,给它们三个都戴上派对帽。我拍了一张照片,配上文字:派对水貂和我!"花园精灵""出逃的花园精灵""给花园精灵自由"。

我满意地靠回到椅子上。只用了几分钟,第一个点赞就出现了。

剩余 42 天
三文鱼思慕雪和三块金子

一天早晨,妈妈没起床,这对她来说很奇怪,因为她通常都是我们所有人中起得最早的。外婆说,我们不要去打扰妈妈,她应该需要补补觉。但我和波波想到,我们应该把早餐给她端到床边去。我烤了一个三明治,煮了咖啡。波波试图做一个思慕雪,但我需要帮她使用搅拌器。这时,我看见里面除了香蕉、酸奶、牛奶和草莓之外,她还放进去很多小块的冷冻三文鱼,我不得不用勺子把三文鱼捞起来。思慕雪总体来说味道还不错,只有一丁点儿三文鱼味。我们拿着托盘上楼时,玛伊肯穿着带有雪佛兰护卫舰图案的T恤衫从房间里走了出来,头发仍旧乱蓬蓬的像个摇滚歌手。

"你们干什么呢?"她问。

"嘘!"我说,"我们想要给妈妈一个惊喜。"

"好!!!我也参加!"

我有一点点恼火,因为这是我和波波的主意,但尽管如此,我还是让她加入了。我们一起数一、二、三,一下子撞开门,喊道:"惊喜!"

波波喊的是:"嗨嗨!"

妈妈已经醒了。她膝盖蜷起,下巴抵在上面,我知道,她刚刚哭过。好像有一个黑洞在我的心中打开,我甚至不记得我最近一次见到妈妈哭是什么时候了。就连她和斯维德里克分居,也没有哭过。看到我们,她赶忙用手擦掉眼泪。

"噢,"她说,"你们做了早餐?"

但她的声音劈了,然后她又哭了起来。

波波跑到床边,爬上去,依偎在她身旁。

"你哭了吗?"玛伊肯问。

"没有啊,"妈妈说,"我觉得……也许是花粉。"

波波把长满金色卷发的头靠在妈妈头上,递过去她的毛绒玩具安慰妈妈。

"我痛恨花粉!"玛伊肯说。

她想了一会儿。

"我可以把院子里的所有花都剪下来,如果你愿意的话?你想这样吗,妈妈?"

妈妈摇摇头。

"我保证,妈妈,我可以做到。我一点儿都不觉得麻烦。"

"不,不要,玛伊肯,不要去。"

玛伊肯来到床边,坐在床旁的地板上。妈妈抚摸着她的脸颊。但我没有移动半步。我只是端着托盘,像一尊雕像一样站在门口。

"没关系的,希格。过来。"妈妈说完,用手拍了拍被子。

我慢慢地挪到床边,把托盘放在床头柜上,坐了下来。

"出什么事儿了?"我问,我心中的黑洞越来越大、越来越深、越来越黑。

"没事,只是……只是我没得到我想要的工作……我不知道为什么……我申请了那么多工作,然后我终于得到了这个面试机会,但今天早晨他们打来电话,说不录用我。我去面试才刚刚过去两天……我还没准备好他们这么快就给我结果。我只是特别……难过。"

波波搂着妈妈的脖子说:"妈妈、妈妈、妈妈。"

"不过,"妈妈咽了下口水说,"一切都会好的。每次都是这样,不是吗?我们以前也都把问题解决了。"

她试着挤出一丝微笑,但她的眼睛红红的,脸颊湿湿的,因此那个微笑看起来不太有说服力。

"不是花粉吗?"玛伊肯说。

"但他们为什么不选择你?"我说,"你是全世界最好的护师呀。"

"噢,希格,我不知道。我觉得,我在这样的面试上不太善于表现自己。我会特别紧张,对他们提出的问题几乎无法给出有意义的回答。"

她拍了拍我的脸颊。波波试着把自己的安抚奶嘴给妈妈塞进嘴里。

"谢谢,波波,小可爱。"妈妈笑了,"你真是太好了。可我觉得,我不需要奶嘴。"

"可是,我还是不明白,"我说,"你工作很多年了……嗯……你老板也说过,你是他们用过的最好的护师。难道不是吗?"

"没错,但是吧,好像没有那么多白天的工作岗位,而我不能接受一个不在工作时间还要随叫随到的工作,对我来说,工作必须要有计划。我必须知道工作日程表是什么样的,我每个月能赚多少钱。"

"你必须白天工作吗?你不能值夜班吗?"

"可是谁来照顾你们呢?"

"外婆!我也可以帮忙。"

"亲爱的,我上辈子积了什么德才有了你这么好的孩子呀?"

她的泪水又涌了上来。

"我知道你很擅长照顾妹妹们,外婆也很好,但是请她照顾你们几个小时和这个是有区别的。如果我上班的话,我一整夜都会不在家,也许等你们早晨上学、上幼儿园之后我才能回来。那样的话,外婆就需要不断地帮忙。此外还要帮忙照顾爱因斯坦、塔赞、弗拉瑟和卡罗琳娜。我感觉,这不太行得通。我不想你们早餐总是吃小面包。"

她笑了起来。

我不知道应该怎样回答。玛伊肯迷惑地看看妈妈,又看看我。

"不是花粉吗?"

"不是,玛伊肯,不是花粉。我只是……因为我一开始不知道该怎么说。"

波波扑到妈妈肚子上,伸手去拿餐盘上的三明治。她把三明治递给妈妈。三明治里放的是奶酪和黄瓜片。

"黄瓜。"波波说道,因为妈妈没有立刻拿起来咬上一口,她就把三明治按到她嘴上,重复道:"黄瓜!"

"没错,确实,波波,很好吃,有营养。现在我感觉好多了。嗯,黄瓜!好吃的黄瓜!"

"但是,接下来怎么办呢?"我问。

"接下来就是……嗯……我要继续加倍努力。我要去找更多的工作。"

"可我不想让你这么努力。"

"所有人都在努力,"妈妈说,"这没什么。所有人都在为了某件事而努力,不是吗?"

我点点头。我认为,她说得对。我在努力让别人喜欢我,努力交到朋友。克里勒·蛋白酥为了他的电影创意在努力。波波为了学习说话在努力。

"也许为了保险起见,我还是把花都剪掉吧?"玛伊肯说,"万一真的是花粉呢。"

"不要,玛伊肯!"妈妈和我异口同声地说。

"不过还是谢谢你愿意帮忙。"妈妈笑着对她说。

"我只想天上能掉下金块砸中你,这样你就不用为钱焦虑了。"我说。

这时,妈妈放下三明治,把我、玛伊肯和波波拉到一起,给了我们一个拥抱。她身上弥漫着一股她睡醒时特有的味道,一点点更浓的妈妈的味道。

"你知道吗,"她说,"我已经有了需要的金子——你们三个就是我的金块,其他的金子我就不需要了。"

当天晚上比较晚的时候,我听见妈妈和外婆在厨房里交谈。通常情况下,她们的声音会随着讨论的进行变得越来越高,但这一次没有。她们没有争吵。我偷偷溜出房间,坐在最上面一级台阶上,为了能听得更清楚一点儿。爱因斯坦走过来,蹲在我旁边。我用手臂搂住它,把鼻子埋进它粗糙的黑色毛皮里，它的毛有一股淡淡的秋天湿漉漉的树叶的味道。我爱这种味道。

"可是，亲爱的汉娜，"外婆说，"你为什么不能让我来帮帮你呢？我既有时间，又有兴致。这就是为什么我会关闭布莱克皇家金色大饭店的原因啊，因为我想帮你！而且我知道护理行业是什么样子，知道那里的工作时间。很可惜，人生病是不挑时间的！需求高得恐怖的人类！"

妈妈笑了起来，但这是一种苦笑。外婆继续说道："如果你找到了一份你确实想要的工作，那我觉得，你就应该接受它，即使它不是白班。对我来说，如果你上了夜班，需要补觉，我照顾孩子们没有问题。我可以带着波波去看语言康复师，我也可以做晚餐、早餐和午餐。你知道，碰巧我很爱这几只小神兽。其实我爱他们比爱生活还要多。当然，我呢，也特别、特别热爱生活！"

我听不到妈妈说的话，因为她一直在抽泣。爱因斯坦用鼻子推推我，很乖地舔了舔我的脸颊。直到这时，我才意识到，我也哭了。爱因斯坦舔掉我的泪水，既暖心，又仔细。我让它舔。尽管它的口气有一股炎炎夏日里垃圾桶的味道也没有关系。这时，我又听到妈妈的声音：

"可我不想给你添麻烦！"

"你好像从来都没给我制造过麻烦？哦，好吧，那次在土耳其度假，你九岁的时候，你非要收养一头性情暴躁的山羊,你就是理解不了我们没办法把那头可怕的动物带上飞机带回瑞典。老实说,那时候你确实有一点点麻烦。但只是一点点。"

她们都沉默了。我听见一把椅子摩擦地板的声音,突然大本钟的旋律从每个整点报时的钟表里响起来。现在一定到十一点了。

"但是,这对你来说可能会很艰难。"妈妈说,"我的意思是说,他们要开始新的学校和新的幼儿园,还有……波波几乎还不会说话,希格……我很担心他,他在学校。还有玛伊肯……"

"亲爱的,说到玛伊肯,我们唯一需要担心的就是她会让她的同学听力受损,让她的老师耳聋。会好的,对波波、对希格、对所有人。又不是你逃离这个国家就不回来了。你人就在这儿呀,我只是帮你几个小时,不是吗?"

"可是……你确定吗?你可以吗?"

"我从来都没有这么确定过。"

"但是,那你不能每天早餐都给他们吃速冻面包。"

"那每隔一天呢?这样行吗?"

妈妈笑了。

"如果你愿意的话,我可以煮那种特别有益于健康的粥。那种你特别喜欢的粥,看起来像猪食一样的东西。但我自己是不会吃的!我是有底线的。"

她们沉默了一会儿。爱因斯坦趴在我膝盖上，用它那双漂亮的大眼睛看着我。我抚摸它的背，一次又一次，感受它每一次呼吸间，沉重的身体的一起一伏。

"谢谢，沙洛特，"妈妈在厨房里说，"太感谢了！"

"如果你想叫妈妈的话，就叫吧。"外婆说，"在这样的时刻，我觉得我们可以用一下这个称呼。"

"谢谢，妈妈。"妈妈说。

我站起来，偷偷溜进我的房间。爱因斯坦跟在我身后，来到床上，趴在我脚上。我一定立刻就睡着了，因为此后的事情我什么都不记得了。

剩余 41 天
修理狼獾屁股

外婆刚刚告诉我她有工作给我时,我高兴极了。可她一旦告诉我是什么工作,我就高兴不起来了。这个工作就是要修理她的动物标本。外婆有大量的收藏,其中很多看起来都像是刚刚经历过一场打斗。有些线开了垂下来,填充物从各种奇奇怪怪的地方露出来。妈妈曾经问起过外婆为什么要迫使自己去收集动物标本,而不是像普通人那样收集达拉木马[1]、天使或者冰箱贴,外婆当时不屑地笑了。

---

1 达拉木马:源于瑞典达拉纳省的纯手工制作的木马。是瑞典著名的手工艺品。

"我要一大堆旧的红色木马干什么用？"

"说的是，可是你要一大堆满身伤疤的死动物又有什么用呢？"妈妈针锋相对地说。

这时，外婆解释说，她其实一开始并没有打算要收集动物标本，但不知为什么就开始收集了。妈妈对这个回答不太买账。

"你怎么可能在完全自由的情况下碰巧开始收集动物标本呢？"

那时外婆告诉她，绝大多数标本都来自一个她原来在跑车俱乐部活动中认识的老头。老头打算把这些标本都扔掉，因为他太太的袖珍吉娃娃狗不能忍受每个角落都站着一大堆水貂、水獭和狐狸，因此吉娃娃总是攻击它们。外婆很可怜这些动物，于是将她的雪佛兰护卫舰装满了标本，把它们都拉回了家。然后她就声名远扬了，外婆不得不继续接受其他被束之高阁或者扔进地下室的动物标本。她曾经想过，这种东西对宾馆来说还是挺有意思的，就像是宾馆的特色物品一样。最大、最华丽的动物斑马当然要放在客厅里，那是她从不来梅[1]的一个男爵那里得到的。

"有些酒店以它们的18世纪装饰而闻名，另外一些则有很多名人下榻，那布莱克皇家金色大饭店就因为动物标本而闻名！"

"靠这些死的水獭出名？"妈妈扬了扬眉毛说。

1　不来梅：德国北部城市。

她看上去满脸疑惑。

"没错,"外婆满意地说,"最好的成功方式就是夸张。"

外婆认为,如果没有人接手它们,那么它们就白死了,不过这一点倒是真的。

我的第一个任务就是修理一只被吉娃娃从后面攻击了臀部的旧狼獾。外婆给狼獾起名叫弗朗茨·猎手。没有人知道为什么。

我把花园精灵和渔猎标枪都从桌子上收拾走,把弗朗茨·猎手放在上面。那是一只相当大的狼獾,大约有八十厘米长,而且还有一条毛茸茸的长尾巴。外婆给了我很粗的黑线和一根大针,现在就等着我开始工作了。我盯着狼獾看,感觉它也在盯着我,尽管它的头偏向一边。我深吸一口气,说了声"对不起!",然后,我就把针扎进了弗朗茨·猎手的屁股里,就好像我已经准备好它要大喊或者咬我一样。它当然没有。弗朗茨·猎手皮毛下的屁股并不像黄鼠狼巴普洛夫那样软软的、毛茸茸的,它的感觉有点儿硬,也许里面有石膏或者陶土吧。我缝了一针,然后又一针。我的手在颤抖,心脏怦怦跳。把皮毛缝在一起相当困难,似乎皮毛缺少了那么一点点似的。这种感觉就像一个人想要把穿在身上的过瘦牛仔裤的拉链拉上的感觉。弗朗兹·猎手死后又长胖了吗?而且那条毛茸茸的长尾巴总是很碍事。针脚既不匀、又奇怪。我在缝制狼獾屁股方面确实没什么天赋,再说我们在缝纫手工课上也没练习过这个。当我要缝第五针时，我听到一阵恐怖的噪音，我吓得一下子扔掉了弗朗茨·猎手，速度比扔掉一件烫手的东西还要快。

The warden threw a party in the county jail
The prison band was there and they began to wail
（监狱长在县监狱开派对
监狱乐队到来，开始鬼哭狼嚎）

上帝，耶稣。点唱机的音量一定可以关小的！每次波波播放歌曲，我都会得心脏病。我刚才把弗朗茨·猎手扔到了一旁，现在看上去，它好像在盯着我看。它看着很凶残，一副想要杀人的模样。

"对不起，对不起，亲爱的弗朗茨·猎手，可是，就只剩下两针了，小小的两针！"

我以最快的速度缝好了最后两针。我完成工作之后，累得筋疲力尽，满头大汗，心脏在怦怦地擂鼓。

我呼喊外婆。门吱呀一声开了，她来了。她戴上绿色的大眼镜，仔细检查了一下弗朗茨·猎手的臀部。

"干得不错，希格！我真心觉得你在填充标本行业会有不错的未来！"

外婆从她金光闪闪的包里拿出四张二十元纸币。

"肯定至少还有七只动物你可以修理。"

七只动物。七乘以八十克朗就是五百六十克朗。这可是一大笔钱。太棒啦!

好吧,修理狼獾的屁股也许并不是世界历史上最温馨有趣的工作,但没关系的。它使得我朝着自己的目标更近一步,那就是让别人喜欢我。马上我就有钱买隐形眼镜了。

"你只管把它们都拿来吧,狼獾、水獭、黄鼠狼!"

"总有一天,我会带只灰熊来,那时别忘了你的承诺哟,我会提醒你的!我说到做到!"

她正要出门,却停了下来。

"这让我很恼火!"她说。

"什么?"

"这个坑!"

她用蓝光闪闪的手指甲扒拉门框上的那个小坑,就是那天她不小心用工具箱磕碰的。

"咳,别去想它了。"我说。

"怎么能不想!"外婆说着又打开她的手提包。

她翻找了半天,找到一版邮票,撕下一张,贴在了小坑上。

"这样就好了,现在你的房间里不仅有一张瑞典最著名的风景画家的大幅画作,还有一张我们国王[1]的小画像,卡尔十六世·古斯塔夫!皇家、壮观、金碧辉煌。就应该如此!"

---

[1] 国王:瑞典是君主立宪制国家,国王是国家元首。

剩余 40 天
把球烧掉！

　　妈妈借了外婆的吉普，带着玛伊肯和波波去了斯德哥尔摩，她们去拿一些留在公寓里的东西，同时她们两个也可以去见见斯维德里克。她问我要不要一同前往，但我拒绝了。也许我应该跟着一起去的，他做了我九年继父，但我不知道我们有什么共同的地方。他喜欢足球，不是自己踢那种，他主要喜欢看球，看电视里的足球比赛，或者也去球场观赛。他的确试图让我也对足球感兴趣，想把足球变成我们的共同语言，家中两个男人共同的东西。可是，唉。我对足球完全没有兴趣。不对,这还不够,我几乎要说,我痛恨足球。我知道这是一个很重的词,至少妈妈经常这么说,但我就是这样感觉的。在斯维德里克走进我们生活之前,我对足球的态度比较中立。不过那时我只有三岁,不管怎么说吧,那时还好。但每次斯维德里克来到家中,他做的第一件事就是坐在沙发上目不转睛地看某场比赛。一个小时接一个小时。

他试图教我一些有关足球的东西,比如球员的位置、越位规则、区域防守、红牌黄牌一类的。这就好像听一个人在讲鸟语。加油加油你最棒——离开离开死亡组……一大堆奇奇怪怪的话,我不太记得了。我可以毫不夸张地说,当他吧啦吧啦说个没完没了时,我真的感觉我本人就在死亡之组。

有那么几次,斯维德里克还是离开了电视机,那时他觉得我们俩一起出去踢踢球应该是个不错的主意。我在球类运动方面很"菜"。玩球、接球、扔球、踢球……我只有害怕,迅速躲闪开。有谁想让一个石头一样硬的球砸中裤裆呢?斯维德里克抱怨我缺乏天赋时,妈妈总是高声维护我。"这是他的斜视造成的!他没法判断距离!"我不知道这是不是真的,但我无论如何都接不住球,一个都没接住过。没错,确实不能用手去接足球,这我还是知道的,从名称就知道,要用脚来处理球才对,但你们明白我的意思吧。除了滑冰,我在所有运动上都很"菜",一无是处,而且运动名称中带有"球"字的,我是格外的差:足球、排球、手球、棒球。我真希望能把球烧掉[1]，可不行啊！

玛伊肯从婴儿时期就开始对球类感兴趣了，特别是足球，但好像斯维德里克的大脑没有录入这个信息。如果有射门进球，他还是会兴奋地朝着我又喊又叫："看啊，希格，快看回放，直挂球门上角！"而我一点儿都不在意，可这时玛伊肯已经身穿足球服，全身心地沉浸其中了。我觉得她很可怜。

不过，当然了，我觉得，斯维德里克有努力的意愿还是挺好的。我亲爸爸从来都没有尝试过，从没有。

我小时候经常梦想他会突然出现。就那么出现！爸爸会穿着沙色的衣服，头上戴着白色的热带遮阳帽朝我走来。我不知道为什么，我想象中他会这样一身打扮，也许是因为我看的电影《丁丁历险记》吧，在那里面丁丁就穿着这样一身衣服。而且我还梦想爸爸对他没有来找我有一个特别完美的解释。也许他正忙于在地球上创造和平；或者他去了月球，因为他是宇航员的厨师，而他们不巧和他分开了；或者他在试图拯救濒危动物时被一只凶恶的黑猩猩扔的石头砸中了头部，失忆了。

他找到我之后就会对我喜欢做的事情非常感兴趣，例如：发明创造、绘画、滑轮滑、看花样滑冰。他会对足球极其不感兴趣。

这很傻，我知道。他没有任何理由，他只是不在乎我。所以现在我再也不做梦了。

1　把球烧掉：瑞典语中"圆场棒球"brännboll 拆开为 bränna boll 是点火烧球的意思。

剩余 38 天
傻瓜的香蕉

一天下午,我来到客厅,看到波波、玛伊肯和浣熊男孩正在电视机前跳舞,浣熊男孩似乎永远都穿着他的浣熊连体服。

他们已经在播放一段油管上的《舞力全开》视频了。音乐声震耳欲聋。

It's going down, I'm yelling timber
You better move, you better dance

Let's make a night, you won't remember

I'll be the one, you won't forget

（越来越嗨我大声呐喊，

你最好舞动起来，

让我们创造一个你不会记得的夜晚，

我会是你铭记的人）

这是一个音乐短片，不过只能看见一些跳舞的人，嗯，好吧，其实是一个人和一只熊。这段视频原本的用意是观看的人模仿视频中舞者的动作，尝试自己也做同样的动作。一开始，我只想从旁边走过去，但突然间，我想起外婆曾经说过的话：要想受到别人喜爱，就要请人抽烟而且要会跳舞。到处请别人抽烟，感觉不太合适，但学学跳舞好像没什么坏处。花样滑冰从某种角度上来说也有一点点像舞蹈，而且我穿着轮滑鞋还会皮鲁埃特脚尖旋转呢，当然我做这个动作时从来都不会让人看见。很显然，那不是男人做的动作。

似乎我被迫随时随地注意我的言行：我是否以一种错误的方式扔球，我是否说话声音太清脆，我是否碰巧喜欢一些男孩子不应该喜欢的东西（花样滑冰）。突然间，其他人的目光，主要是其他男孩的目光集中过来，因为一个男人是不应该这样做、这样说话和这样认为的。不过我从来都不理解为什么。

波波腋下夹着一只水貂标本（我也不太肯定那是貂貂还是鼬鼬），她站在那里原地扭摆。但玛伊肯和浣熊男孩聚精会神地盯着电视，的的确确在努力模仿舞者的动作。

Swing your partner round and round
End of the night, it's going down
（和你的舞伴尽情摇摆，
今夜结束，一切都会结束）

"现在要旋转了。"玛伊肯喊道，她和浣熊男孩一起转圈。这时，她看见了我。

"嗨，希格！"她笑着说，"你在模仿这只熊跳舞吗？"

"我就是这么想的。"我说着抬起双手伸向半空。

"我也是。"浣熊男孩高声喊道。

这我倒是不奇怪，他似乎很喜欢熊。

我转着圈踏步，手臂在空中左边挥舞两下，右边挥舞两下，就像电视里的熊一样，然后我跪下来，双臂交叉，和接下来应该做的动作一模一样。歌曲结束，玛伊肯跑到电视前，又重新播放这首歌。

"我们不换一首其他歌曲吗？"我问。

"不啊，为什么要换？"玛伊肯说，"这首最好听！人们总是想听最好听的歌曲，对吗？"

我们跳啊、跳啊。一开始，我还很仔细地模仿熊的动作，但后来，我完全不管不顾了，我想怎么跳就怎么跳。我把波波举到半空，带着她和水貂转圈圈，她笑得大喊大叫。我到玛伊肯和浣熊男孩腋下挠他们痒痒，直到他们完全没办法集中精力。我躺在地板上，抬起双腿、双臂，我跳起来，在地板上双脚蹦跳，吓得爱因斯坦都开始叫。

突然妈妈站在那里。她应该刚刚到家，她脚上还穿着鞋，她进屋从来都不穿鞋的。妈妈走到电视前，把电视关掉。空气突然变得好安静。她严肃地看着我们。

"谁把'傻瓜'两个大字刻在香蕉皮上的？"

玛伊肯浑身不自在起来。

"你们为什么都看着我？"

"玛伊肯，现在我来告诉你，我在等待面试时发生了什么。我怕自己会饿，就随手拿了一根香蕉走了。我刚刚从手提包里把香蕉拿出来，就有一个男人过来喊我的名字。于是，我手里拿着香蕉走进了他办公室。他请我坐下，我就顺手把手提包和香蕉放在我身边的椅子上。但这时，我看到，他并没有看我，他在盯着香蕉看。于是我低头看香蕉，看到上面写着巨大的'傻瓜'二字。玛伊肯，你觉得他会怎么想？"

玛伊肯的眼睛瞪得圆圆的。这一次很不寻常，她竟然看起来有一丝丝内疚。她知道，得到工作对妈妈来说有多重要。

"玛伊肯，你为什么这么做？这是一份我真心想要的工作！"妈妈说。

"我当时很生气!"

"为什么?"

"因为你说,你认为是我把所有的装饰糖屑都吃掉的。可我没有,因为我还把糖给了塔赞和弗拉瑟。"

"好吧。"妈妈说完,紧紧闭上了眼,"但以后能不能请你不要在香蕉皮上刻骂人的话?"

"好吧。"玛伊肯说着急匆匆走出客厅。

"你去哪儿?"妈妈问。

"我饿极了,我必须吃掉一根香蕉,或者两根,也许三根。"

妈妈看着玛伊肯,然后,她出人意料地笑了起来。

"你都在香蕉上写了些什么?"

玛伊肯停下脚步,转过身来。

"我什么都没写!"

"你写了什么?"妈妈重复问道。

"我只是在一根上面写了'屁股',一根上面写了'屄屄',而且我可能恰巧在一根上面写了'傻瓜'。"

"我拿你怎么办好呢,小朋友?"妈妈说。

但她听起来却不再生气了。她看了看我们。

"也许其他人也想吃根香蕉呢?我可以用一根'屁股香蕉'庆祝一下吗?一根'傻瓜香蕉'或者为什么不是一根'屄屄香蕉'呢?"

"谢谢!肯定很好吃。"浣熊男孩礼貌地说,然后跟在玛伊肯身后朝厨房走去。

剩余 36 天
又黑又胖的姆明精灵

我戴上墨镜,瞟了一眼门厅镜子里的自己,试着露出一个看上去比较自信的微笑,但不太成功。我看起来更像是内急憋不住了。斑马在楼梯那边盯着我看,它今天头戴波波浅黄色的太阳帽,脖子上挂着爱因斯坦的遛狗绳,背上披着外婆豆绿色的睡衣。

"如果我是你,我就不会看起来这么严肃。"我对斑马说,"至少穿着你这身服装不会。"

我把花园精灵塞进一个布袋,计划寻找一个有意思的地方给它拍照。花园守护精灵的账号已经有三百八十七个粉丝了,很多人都在问,精灵现在在做什么,他们想要看新照片。我感觉,我有责任不让他们失望。而且我心里还有那么一点点,不对,好吧,是相当享受惹恼朱诺的那种感觉。在上一次发布精灵和水貂的更新之后,她气得爆炸了!她写道:等我抓到你,我让你后悔自己的存在!我觉得,我从没见过那么多一连串气急败坏的恶魔表情符号。

除了给精灵拍照以外,我还打算去练习一下社交,练习与人交谈。时间飞逝呀,现在距离学校开学只剩下可怕的三十六天了。这一次我打算主打"幽默",让别人发笑。这感觉比我上次尝试的无厘头地介绍自己或者向别人提问题要好很多。

我拍拍用嘴猛亲我的爱因斯坦,和它告别,我刚要关上大门,外婆就穿着寿司睡衣从楼梯上跑了下来。(睡衣当然不是用寿司做的,只是布料上印着一大堆寿司图案。)

"你要出门吗,希格,亲爱的?"她气喘吁吁地说,"我正想问你想不想跟我一起出门去挣几个美妙的、叮当作响的——?"她做了个大拇指和食指捏在一起滑动的手势。

"几个叮当作响的什么?"

"亲爱的孩子,需要我写在墙上吗?钱!"

"啊哈!"我立刻感兴趣起来,"还有更多需要修复的动物吗?"

在修补了弗朗茨·猎手的屁股之后,我还有幸缝好了一只狐狸的后腿和一只歪歪斜斜的水獭的一只眼睛。我的隐形眼镜账户又直接入账一百六十克朗。

"不是,"外婆说,"这次是别的。"

爱因斯坦因为看到我在门口停了下来,高兴得直蹦。这时,外婆说,她要开车去曼陶普参加一个越野车活动。曼陶普公园就是比赛所在地,那里有汽车赛道,外婆要去那里,参加一种名为"直线竞速"的比赛(就是用最快的速度跑完四百零二米的直线距离)。外婆说,她参加这个比赛是为了"玩儿",她说"输赢没有关系",因为"重在参与"。但所有见过外婆打牌、玩槌球、酷堡草坪游戏或者其他任何桌面游戏的人都知道,她对比赛的态度可不像她假装的那样放松。外婆其实并不是个糟糕的输家,但问题是,她是那种特别糟糕的赢家。她的高兴会令人无法忍受!整个人都变得兴高采烈、闪闪发光!而且她认为,孩子不应该因为年纪小就获得优待规则(这是妈妈和外婆意见相左的一千件事情中的一件)。外婆认为,"那样他们就学不到东西。"这意味着,我们和外婆玩游戏,一百次中会输掉九十七次。尽管如此,因为某种谜一般的原因,和她一起玩儿还是会非常有意思。当你走了很聪明的一步时,她会由衷地赞赏,当你终于赢了那么一次时,她几乎和你一样高兴。这时,赢就会变得格外令人开心,因为你知道,你是真的赢了,而不是她有意让着你。

"那你想跟我一起去曼陶普吗?"外婆问。

"可是……我怎么在那儿挣钱呢?"

"如果汽车爱好者有什么最喜欢做的事情,那就是喝啤酒。吓人的海量啤酒。没错,听起来很奇怪,喝酒就不能开车了,是不是?但你要知道,很多人到了那边会去露营,他们自己不参加比赛,只是一边从那种铝箔易拉罐里吸溜、吸溜喝着啤酒,一边看看所有漂亮的汽车。"

"啊哈!"我说,"你的意思是我可以去捡瓶子卖?"

"没错,亲爱的!你可以赚到一大笔钱!"

成交!我完全可以一边练习怎么讨人喜欢,一边赚钱并且还不耽误给精灵拍照。这就叫一箭三雕!

我们飞驰在路上,经过田野、房屋、马场和汽车站。太阳照着我们,天空蓝得像蓝精灵。突然,外婆把油门踩到底,红色的护卫舰像火箭一样冲了出去。发动机在咆哮,整个车身都在震颤。我感觉心里痒痒的,发出了快乐的呼喊。外婆看着我,笑了。我喜爱坐外婆的护卫舰!吹打在脸上的风、飘散的头发,还有可以伸出双手,几乎可以抓住空气的感觉,你会觉得自己很酷。我想,受欢迎一定比不上这种感觉。这就像你来到了一切之上,不用担心,不用焦虑。

大约一个小时之后,外婆把车停在一片巨大的绿色草坪上。熄火之后,周围安静极了。我环顾四周,忍不住叫道:

"哇喔！"

"怎么样！"外婆说。

我以前从未对车有过特别的兴趣，但这次有点儿特别。因为我从来都不会相信，我能在同一个地方看到这么多漂亮的车，而且是五颜六色的车！人们平时开的车绝大多数都是银灰色的。外婆说，这是为了耐脏。当然了，的确很实用，但也极其枯燥无聊。在这里，所有你能想到的颜色应有尽有：柠檬黄、天空蓝、酒红、菠菜绿、酱紫、绿松石绿、浅粉……而且它们在阳光下闪闪发光。我们下车，环顾四周。外婆指着一辆又一辆汽车说道："亲爱的！看哪，那辆天空蓝色凯迪拉克，哎呀哎呀，真好看。这是1958年款的凯迪拉克埃尔多拉多·塞维利亚跑车。你看，多漂亮的红色真皮座椅。看那边！黑白、带翅膀的那个，道奇科罗内特。还有那边，噢，上帝，那辆绿色的奥兹莫比尔汽车！它一定是1972年款的。"

人们在锃亮的跑车间溜达，停下来，赞叹一番，然后接着往前走。我一下子就看到，外婆说得没错，几乎所有人手里都拿着一听啤酒或者一瓶饮料！

"希格，"外婆说着伸出双臂，"谢谢你这颗幸运星，今天这里和美国死亡谷[1]一样热！你会富起来的！"

---

[1] 美国死亡谷：位于美国加州的一处沙漠谷地，全年炽热干燥，曾创下过56.7℃的高温。

"外……我是说沙洛特,你真是个天才!"

"这我知道,亲爱的,我知道。"

我从一卷大垃圾袋中拿下来一个,这是外婆嘱咐我带的,然后我关上车门。现在就剩下去收易拉罐了!

外婆遇到一个老头,他们攀谈起来。她讲述自己如何维修车身上的一个裂缝,老头讲述他的镀铬轮毂,或者其他东西吧。没过多久我就意识到,如果想要成果,那我必须和外婆分开,这样我也无需无聊至极。我和外婆说了再见。

我想应该是去人多的地方。我找寻目标,看到不远处有一个看起来像市场的地方。我不得不说,那是个相当无聊的市场。绝大多数摊位都在卖汽车配件和可以贴在车身上的贴花纸一类的东西,但有一家摊位在卖上世纪五十年代的糖果!嗯,并不是说六十年前生产的糖果,而是那种老式糖果:白兰地糖、玩具牌口香糖、小片酸糖、人形软糖和巧克力香烟糖。"巧克力香烟,太奇怪了!"我还来不及多想,外婆说过的话就开始在耳畔回响。"请人抽烟。"如果我拿真的香烟请别人抽,那当然会超级奇怪,但巧克力香烟!那就不一样了!

我为防备万一买了一盒。蓝色的盒子看起来也和真正的香烟盒一模一样。唯一可能露馅的就是盒子上写的大大的西班牙文"巧克力"。

过了一会儿,我搞明白了,最能挣钱的地方是汽车间的躺椅区,我可以从坐在躺椅上晒太阳的人那里挣到最多的钱。虽然还没到下午两点,但很多人已经晒了两三个小时的太阳,已经喝下去几罐啤酒了。我很礼貌地询问是否可以拿走空易拉罐,同时也讲几个我在来曼陶普路上从谷歌上搜索到的有关汽车的笑话给他们听。

我的笑话让一个男人笑得前仰后合,差点儿从躺椅上摔下来。然后他给了我一听芬达和一张揉皱了的二十元纸币,说道:"笑死我了,从我兄弟错把一管鲜虾奶酪酱当成牙膏刷牙之后,我就再也没有这么笑过了!"

我转了一大圈,收集了一个小时之后,垃圾袋已经满了,我只能拖着它走。我决定回到雪佛兰护卫舰去,把这些先扔进车里。这时,一辆遥控的蓝色汽车径直朝我驶来。它比我以往见过的遥控汽车都大,几乎有一米长。它一个急刹车,刚刚好在我脚前停了下来,然后它转了个圈,绕开了我。银色的天线蹭到了我的腿。然后它就继续钻进两辆汽车中间去了。我往前走了两步,那里站着一位和妈妈年纪差不多的女士,金发,戴着太阳镜,手里拿着一个大遥控器。

"很漂亮,是吧?"她微笑着说。

"非常漂亮。"我说。

"一辆凯迪拉克埃尔多拉多,"女士说,"我自己座驾的翻版。"

她朝着右边一辆蓝色的汽车点点头,很显然,那辆车是她的，而且看起来和遥控汽车一模一样。

于是，我有了一个绝妙的点子。这个点子太妙了，我几乎开始为之颤抖起来。

"嗯，"我说，"我能借你的汽车用一下吗？那辆小的！"我补充说。

女士抬起太阳镜，架在她的额头上，眯眼看着我。她看上去有些犹豫。

"我可以付钱。"说着我从口袋里掏出那张皱皱巴巴的二十元，捋平了递给她。

纸币在风中哗啦、哗啦地响。

她又重新戴上墨镜，说道："咳，不用了。可以借给你，但你要爱惜它！"

我从袋子里拿出花园精灵时，她差一点儿改变主意，因为她觉得精灵太重了，会压坏遥控车，但当我跟她讲了花园守护精灵的账号并给她看了照片墙上的照片，她哈哈大笑起来，她说，她要立刻关注我的账号。

我把花园精灵放在驾驶座上。因为精灵的腿不能弯，我试着让它站着，但结果就是，那辆小凯迪拉克一开动，精灵就跌了出来。戴墨镜的女士也参与进来，我们一致认为，也许最好的方式就是把精灵斜着放，让它看上去像是在车里很放松地半躺着。如果从正前方拍摄的话，它看上去几乎像是自己在驾驶汽车。

我们决定由她来遥控汽车，我来拍摄录像。当精灵在小凯迪拉克里从人们身边飞驰而过时，你们肯定能想象到大家惊讶的表情！我们折腾了有半个小时才达到完全满意的水准。在最终的录像里，花园精灵驾车穿过绿色的田野，配着《奔腾的生命》的音乐，那是电影《汽车总动员》里的歌曲，玛伊肯小时候特别喜欢那首歌。

我把录像上传到花园守护精灵的账号里，配上文字：

终于搞到配得上一个花园精灵的交通工具了！一辆凯迪拉克埃尔多拉多！感受自由、帽子中的速度、胡子中的风！谁知道我接下来要去哪里？米兰？巴黎？阿灵索斯[1]？选择多如满天星辰，多如海中水滴，多如这世上烦闷的花园精灵的数量。／比尔博

在我离开之前，那位女士给了我和花园精灵一人一个脸颊吻。我不知道哪一个更怪异一些。我把花园精灵仔仔细细装进布袋里，拖着装满易拉罐的垃圾袋朝外婆的车走去。大约还有三十米的样子，她看到了我，开始叫喊，用力挥舞双臂，就像她掉进水里要淹死了似的。她的戒指一闪一闪的，几乎像一道道闪电划过天空。

"希格，希格！"她喊道，"我给你打了二十通电话！你为什么不接电话？快来！现在我们要去开车啦！"

"啊？什么？"

1　阿灵索斯：瑞典的一座城市。

"直线竞速赛,亲爱的!马上轮到我了。上车!垃圾袋你先留在这儿吧。"

"绝对不可以!"我说,"袋子里的易拉罐值上百块钱!也许两百!"

外婆把手放进金光闪闪的连体裤口袋里。她重要日子才穿这件衣服。她先是若有所思地看看我,然后看看雪佛兰护卫舰,再又看看垃圾袋。

"我们也许可以把这些易拉罐放进汽车后备厢里?"我满怀希望地问。

"希格,这辆车的后备厢和一个加大双层汉堡差不多大。不行,你只能把它放在腿上抱着了。"

外婆打开车门,让我上车,然后把垃圾袋放在我腿上,小心翼翼地打结封好袋口,避免有易拉罐飞出来,她让我好好抱住它。这就像抱着一个胖大的姆明精灵[1],一个黑乎乎的、相当恐怖的姆明精灵。外婆刚刚坐到驾驶座上,我就意识到我忘了一样东西。

"比尔博!"

"什么?"

"我把花园精灵给忘了!"

"你说你忘了什么?"

和外婆解释我为什么会带上一个花园精灵来曼陶普有点

---

[1] 姆明精灵:芬兰的卡通人物,长得像河马。

儿困难,但很走运,她也没时间继续往下问,因为我们快来不及了。垃圾袋占用了太多的地板空间,于是外婆就把装着精灵的布袋放在我身边。她把花园精灵塞到安全带下,以便它不会在车开动之后到处跑。布袋口开了一点儿,比尔博的红色尖顶帽和长满胡须的脸露了出来,好奇地向上看着。

装易拉罐的塑料袋太大了,我几乎看不见外婆把车开到了哪里,但我们在短暂的车程之后有了大约两分钟的停车,这时,我趁机把易拉罐压了压,于是我终于能从袋子旁边看到前方的路了。

我们停在一条延伸向地平线的长直柏油马路的起始位置。外婆的左侧有一个高高的塔台,右侧有一辆亮闪闪的蓝色跑车,方向盘前坐着一个男人,他用力踩油门加速,车身后腾起一团厚厚的白烟,而车却纹丝未动。外婆也踩油门,发动机怒吼起来,我闻到一阵烧橡胶的气味。

"希格,亲爱的。"她高声叫道,"你能给那辆蓝色护卫舰里的男的施加心理压力吗?"

"啊?"我喊道,因为我听不懂她在说什么。

"我通常会在开赛前尝试给对手施加心理压力,你知道,就盯着他,让他发毛。那个男人我不喜欢!卡卡洛夫!他曾经卖了一个化油器次品给我。但现在我怎么才能给他施加心理压力呢?因为你的破烂垃圾袋我什么也看不见。"

"好的。"我迟疑地说,我瞪了一眼坐在旁边汽车里的那个男的。

他黑发,梳背头,没能挡住油亮的秃顶,留着短须,一直到下巴。他瞪了回来,以一种我只能称为邪恶的方式在微笑。他的一颗牙是金子的,在太阳下一闪一闪的。就我所知,我此前从没见过杀人犯,但如果让我试着想象一下杀人犯的样子,那一定就是他这样的。我赶紧避开他的目光。

竞速赛道右侧有一个看台,尽管我看着上面的人只是小小的五颜六色的小圆点,但是上面已经坐满了人。哎呀,我想,我应该到这里收集瓶子才对呀!但我还没来得及把这件事想完,大喇叭就响了起来:"赛道左侧我们可以看到一辆红色的1960年款雪佛兰护卫舰,由沙洛特·怀尔德驾驶!在右侧赛道,我们可以看到皮特罗·皮特松·卡卡洛夫的1976年款钴蓝色金属漆雪佛兰护卫舰!"

"现在,见鬼,亲爱的,"外婆说着,紧紧盯着前方,"现在是拼命的时候了!"

我没听到任何发令枪响,甚至不知道发生了什么,外婆的车就蹿了出去,速度如此之快,我几乎喘不过气来。我紧紧地抱着垃圾袋,就好像它是我在海里落水时抓住的救生圈。速度太快了,感觉好像身体上所有的血液都被压向了双脚。我想:我要死了,我们要撞车了!就在这时,比赛结束了,我们驶过终点线,尽管车还在以病态的速度向前飞驰。外婆放声大笑,在空中挥舞着胜利的拳头。

"外婆,抓住方向盘!两只手!"

外婆似乎没听到我的话,或者她根本就不在乎。

"我们赢了,我们赢了,我们赢了!希格,亲爱的,我们赢了那个恶棍卡卡洛夫!"

外婆灰色的长发在风中飞舞,她再一次哈哈大笑,这一次声音更大。

车速稍微慢下来一点点,我的血液又重新回到了双脚以上的身体里,这时我终于能够开口说话:"可是对你来说,输赢不是不重要吗?你是不是这么说的?"

"没错,是的,是这样,"外婆说,"只是赢要令人愉快一万倍!"

剩余 34 天
我不想爱因斯坦吃掉塔赞

外婆的固定电话从大厅里传出低沉的咆哮声，就像一只发怒的动物。一开始我们几乎都没有听到，因为波波在点唱机里播放猫王的歌曲；玛伊肯和浣熊男孩在做游戏，似乎游戏就是要用各种动物的声音吼叫；妈妈在用吸尘器打扫房间；爱因斯坦不停地狂吠，因为它刚刚发现客厅的音箱后面有一只豚鼠。那是塔赞，它刚刚成功地从笼子里溜了出来，而我在尽一切努力用胡萝卜吸引它出来。不过就在半秒的安静空隙里，嗡嗡的电话铃声成功地穿越了各种噪音。外婆接听了电话:"布莱克皇家金色大饭店,我是沙洛特。"

过了一会儿,她把听筒递给刚刚用脚关掉吸尘器的妈妈。就在同一时刻,玛伊肯和浣熊男孩跑出了房门,于是房子里安静了很多。妈妈用手捋了一下刘海,把头发梳到后面。

"喂,我是汉娜。"

我看着妈妈,看她穿着家居裤和洗得褪了色的黑色T恤。很奇怪,有人会尝试用这个号码而不是她的手机来联系她。她看起来很严肃。

"是的。"她说。

爱因斯坦又叫了起来,但这时我抓住它的鼻子,把它的嘴按住,因为我知道这个电话很重要。我咬下一小段胡萝卜给它,它立刻安静下来,吃起了胡萝卜。小小的橙色胡萝卜屑掉落在地板上。我坐在音箱前,为了挡住塔赞的路不让它出来。

"当然,"妈妈说,"听起来不错。那我们说定了。好,再见。"

她挂上听筒。然后,她目不转睛地盯着我,直接喊了出来:"哇!哇!哇!希格!我得到了!我得到工作了!"

"啊?!真的吗?"

她扭了一段胜利舞,双手攥拳,在空中做出类似搏击的动作。

"哇喔!哇喔!哇喔!"她吼道,我不禁为她看起来这么高兴而笑了起来。

"到这儿来,我的儿子!"她喊道,"过来,我要给你一个拥抱!"

"我不能过去!我不想爱因斯坦把塔赞吃掉。"

"那我到你那儿去!"

她向我跑来,然后双膝跪地,像一个摇滚歌星在舞台上一样滑跪到我面前。因为地板很滑,她直接冲到了爱因斯坦身上,它立刻开始叫了起来。有一团火在我胸口燃烧起来,她的幸福感染了我。

"恭喜妈妈!"我说。

"希格!你不知道,这太不可思议了。我得到了我最想要的那份工作!终于我可以挣钱了!"

"这是怎么了?"外婆走进客厅。

妈妈抬起头看着她。

"我有工作了!我周四就要开始上班了。"

"你看吧,亲爱的!通常情况下,我都会认为,工作只是留给那些没有更好的事情去做的人的。但就在今天,我已经准备好反对我自己了!"

"我太幸福了!"妈妈说,她的脸在发光,"他们选择了我!我!"

"他们当然要选择你呀。除此之外的选择都很荒唐,不是吗?我们必须庆祝一下!我觉得,我还有一瓶香槟,在柜子里面占着地方。我把它放进冰箱凉一下!"

这时,玛伊肯又跑了进来,浣熊男孩紧跟在她身后。

"哞、哞、哞!哼、哼、哼!咳、咳、咳!"他们吼道。

"玛伊肯!"妈妈说,"玛伊肯,我得到工作了!虽然他看见我的'傻瓜香蕉',但我得到了那份工作。"

玛伊肯消失在厨房。我听见她打开冰柜,从里面拉出一个抽屉,然后冰柜的门被关上了。她回到客厅,脸上挂着我见过的她最大、最开心的笑容。然后我发现,这可能是因为她把整根冷冻香肠都塞进了嘴里,所以脸颊被撑开了,像一个动画人物一样。她想要说什么,但因为嘴里有香肠,只是发出一些奇奇怪怪的声音。她把香肠从嘴里拿出来,说道:"正因如此你才得到了这份工作!因为我!"

然后她又把香肠像一根香烟一样塞到两片嘴唇之间,又递给浣熊男孩一根棕色香肠,他们又跑了出去。

妈妈笑了,更紧地搂住我。

"噢,希格,你不知道,我现在总算松了一口气。"

我朝她微笑。我知道。但突然好像有个东西打了我一拳。

"可妈妈……这不会意味着我们要搬家吧?"

这时,她摸了摸我的头发,说道:"不,不,不是现在。还要过一阵子,等我先攒下足够的钱再说。我们慢慢来吧,亲爱的,走一步看一步。"

剩余 31 天
一切为了艺术!

这是我们人生中第一次外婆给我们做了一顿有营养的早餐,以前我们都是吃她用微波炉热的速冻小面包。妈妈刚刚在医院值了第一个夜班,正在楼上补觉,睡了大约一个小时的样子。妈妈经常做的有营养的粥被外婆放弃了,但她做了鸡蛋卷,配上酸奶、烤面包和黄油,一些配三明治的蔬菜和火腿,还有很多普通的早餐食品。波波对这顿不同寻常的早餐没有任何反应。她平静地吃着脆谷片,时不时掉落一些在地板上,或者有时直接掉进爱因斯坦的嘴里,因为它总是坐在她身边，就盼着她掉东西呢。但当玛伊肯看了一眼餐桌后，她就愣住了。

"小面包呢？"她困惑地问，她抬起装面包的小篮子，好像外婆把面包忘在了下面似的。

当她意识到没有小面包时，她耸了耸肩，坐了下来。

"我过一会儿拿个冷冻的吧。"她说。

我刚咬了一口我的烤三明治，克里勒·蛋白酥就走进了餐厅。他倒了一杯咖啡，坐在餐桌旁，几乎像是顺口一提地讲起，他要出国三周。他要到巴黎去见一个电影出品人，此外还要为自己未来的大电影在欧洲的诸多大城市"寻找位置"，例如柏林、伦敦、罗马等等。我惊得下巴都要掉了，我们所有人肯定都一样。（嗯，不算波波。即使有一头大象戴着星星尖帽走进厨房，她也不会有反应。）外婆张大了嘴，香烟差点儿掉到蛋卷上。我们所有人都没想到，克里勒·蛋白酥居然有一部大电影在筹划中。老实说，我们都以为，他的电影构思就只是……嗯，构思。没想到它们有一天会以某种方式成为现实。但是现在，他就要去巴黎实现自己的梦想了！而且就在四天后！

"奇迹的确会发生。"外婆回过神来，吐了一大口烟说道，"恭喜呀，克里勒！这个消息真是太棒了！"

"是啊，"克里勒·蛋白酥说，"我几乎不敢相信这是真的。"

他看看外婆,然后又看看我。好像整个克里勒·蛋白酥的脸都兴奋得发光,至少很有光彩。但也许是他擦了什么面霜的缘故呢。我怎么知道?他切了一片薄薄的甜菜,然后开始讲述他的电影。

这部电影的主人公名叫雷·施瓦素努勒·伯恩斯坦,他决定开设一个食肉动物的动物园。在动物园里,有现在地球上存在的所有食肉动物:狼、熊、狮子、老虎、豺狼、美洲狮、鳄鱼、鲨鱼、食人鱼、水獭,没错,所有你能想到的食肉动物。

"只有食肉动物吗?"外婆问,她熟练地扶起玛伊肯正要打翻的橙汁杯子。

"是的。"克里勒·蛋白酥说。

"那它们吃什么呢?"外婆问,"应该还要有猎物才行吧?"

这时,克里勒·蛋白酥狡黠地笑了。

"它们吃人!"

"人,它们要吃人吗?"玛伊肯说着,震惊地把勺子掉进了盛放脆谷片和牛奶的盘子里,牛奶溅到了我的胳膊上。

一滴白色的牛奶溅到我的眼镜上。

"玛伊肯!"我尖叫道,"你干什么呢?"

"别喊,希格!别忘了妈妈在睡觉呢!"玛伊肯大喊道。

外婆拽出一张厨房专用清洁纸,但不小心刚好碰到了香烟，于是一小团火一下子烧了起来，但她一瞬间就把纸扔进自己的果汁里熄灭了。这一切都发生在一秒钟之内。然后，她又抽出一张新的纸递给我。我把胳膊和眼镜擦干净。一切都感觉脏兮兮、黏糊糊的，令人恼火。

克里勒·蛋白酥看着我们，好像他想要确认，在他继续往下讲之前，一切喷溅、喊叫或者燃烧都已经结束了。

"嗯，我们继续。"克里勒说，"那是一个食人动物的动物园，去那里的都是富人，真正的富人，亿万富翁。你们知道，他们的生活太乏味了，乏味得可怕！因为他们太有钱了，所以他们拥有一切！"

我很想知道，拥有一切怎么会乏味呢，以什么方式乏味呢，但我什么都没说。

"没错，他们想要什么就有什么：金钱、衣服、珠宝、宫殿、汽车。他们想要去哪儿就去哪儿，想要买什么就买什么。他们从来都不需要付出任何努力。他们过着表面上成就斐然的生活，但总感到缺少了点儿什么，他们感到自己好像并没有真正活着。什么能使人重获新生？没错，紧张！刺激！恐惧！愤怒！悲伤！只有能够感知这一切，人才是活的！"

"真的是这样吗？"外婆犹豫地说，"应该还是有……"

但克里勒不听她的。他站起来，挥舞着手臂。他浅灰色的衬衫袖子飞舞着，好像野鸽子飞过早餐桌。

"他们最想要的事情就是重获新生！"他喊到，"他们想要感知心脏在胸腔里跳动！他们想要感知生命的价值！当他们来到食肉动物园，就是来战斗的！为了生存而战斗！他们知道，不是所有的人都能活着回去。他们让自己行尸走肉般的生活变得有意义！但这是在拿生死冒险！"

"哦，听起来似乎不可否认地……嗯。"外婆说。

"他们会死在动物园里吗？"玛伊肯问。

"你以后自己看电影吧，小可爱。"

"水它？"波波问。

"什么？"克里勒·蛋白酥问。

"水它？"波波用难过的声音问。

克里勒用询问的目光看着我。他从来都听不懂波波的话。

"我觉得，她是在问你，水獭会不会死。"我说。

"不会的，亲爱的波波，它不会死的。"

克里勒·蛋白酥笑着拍了拍波波的头。他应该好好练习一下拍孩子的头，因为他的动作有点儿像拍一条狗。

早餐过后，我去敲克里勒·蛋白酥的房门。

"进来！"他喊道。

我开门时，他正在打领结。他请我把食指放在领结上，然后他尝试把领结摆到正确的位置。

"你穿这身衣服真好看。"我说。

克里勒·蛋白酥总是穿得很绅士，但现在他更绅士了。

他穿着黑裤子，白衬衣上有两个黑色的背带，还有领结。

"谢谢。给人留下好的第一印象很重要。"克里勒说，"所以我先试试衣服，看看我与电影制片人见面时应该穿什么。"

"哦，是吗？"我说。

"请坐！"克里勒说着朝一张窗边的绿色躺椅做了个手势。

我坐了下来。那其实不是张舒服的可以半躺着的躺椅，只是一把硬邦邦的椅子，有人给它套了一个布罩而已。你坐在上面不得不挺直后背。我环顾四周，我以前从未进过克里勒·蛋白酥的房间。这里和我们的房间大相径庭，房间打扫得一尘不染。除了躺椅，旁边还有一张小桌子，一张床（铺得很平整，罩着一个厚厚的、一条褶皱都没有的床罩，床上摆放着三个带着装饰穗的垫子），一张深木色的书桌，桌上有一台老式留声机，一个摆满书的书架（都是老书，棕色、酒红色或者绿色的皮质书皮，烫金字书写的作者名字和书名）还有一个银色边框的小镜子。

"你想什么呢？"克里勒·蛋白酥说着，做了一个优雅的动作把黑西服套在了身上。

我清了清嗓子，有些犹豫。刚刚还感觉很有创意的想法似乎突然……嗯，有一点点不那么巧妙了。

"嗯……就是吧，我不知道你知不知道，我有一个花园精灵。"

"不知道，希格，我没听说过。"克里勒一边打量着镜子里的自己一边说,他歪歪头,又转转头。

我感觉自己像个傻瓜,脸颊开始起灼烧来。我也许应该忘掉这一切,直接从这里离开。

"这就是你想告诉我的唯一信息吗?你只想跟我说你有一个花园精灵?"

"不是,我的意思是,不管怎么说吧,现在我,嗯……有一个小小的艺术项目。"

"是吗?是什么?"

克里勒·蛋白酥立刻感兴趣起来。他从镜子里和我对视。

"嗯,我有一个名叫'花园守护精灵'的照片墙账号。我可以给你看!"

我从口袋里掏出手机,登入比尔博的账户,给克里勒看那些照片。他饶有兴致地看着。

"嗯,事情是这样的,我想让这个精灵去看世界。我希望它能感受巴黎、伦敦、柏林,所有那些你要去的大城市。"

"啊哈?"

克里勒·蛋白酥满脸疑问地看着我。

"嗯,就是吧……我想问问你能不能帮我一个忙?你能不能带上精灵一起?给它在诸如埃菲尔铁塔旁拍张照片,也许在大本钟旁边,类似的吧。"

克里勒皱了皱眉,接下来是几秒钟的沉默,嗯,也许半分钟吧。半分钟对一个等待回答的人来说是十分漫长的。

然后，克里勒转身面对着我说道："嗯，亲爱的希格，这是一个相当不寻常的要求。我不得不这么说。"

"是的。"

我站起身，准备离开。从一开始这就是个愚蠢的想法。

"可我答应了。"

"噢，真的吗！谢谢，太太太感谢了！"

我太高兴了，差点儿就去拥抱克里勒了，但只是差一点儿。

"不客气。能帮助到你我很高兴。我的意思是说，帮助到一个艺术项目！人们应该鼓励下一代艺术家！不过，那个精灵到底有多重？"

"几乎一点儿重量都没有！我去把它拿来！"

我从躺椅上一跃而起，但在门旁突然停了下来。

"还有一件事……也许你可以用精灵的名义寄几张明信片？就是说，假装明信片是精灵写的？就几张就可以。每个城市一张。"

"给你吗？"

"不是，其实不是。我给你地址，是给一个女孩的，嗯，一位邻居。可以说，她也参与了这个项目。"

"完全可以安排，希格。"克里勒·蛋白酥说，"一切为了艺术，不是吗？"

剩余 28 天
乌龟爬走了

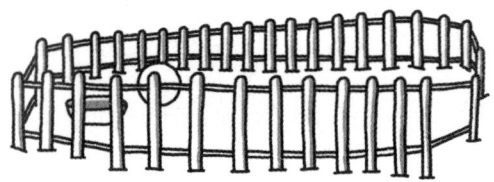

一天早晨,我被玛伊肯猛然拉开我房间吱呀作响的房门弄醒了,只听她大声喊道:"卡罗琳娜被偷了!"

我睡眼蒙眬地坐在床上。

"几点了?"我嘟囔道。

"这有什么关系?"玛伊肯激动地说,"现在的问题是,我们的乌龟不见了!"

玛伊肯消失在门口。会是真的吗?卡罗琳娜真的被偷走了吗?我听见玛伊肯迈着沉重的脚步朝着妈妈的卧室走去。

"别叫醒她！她刚上完夜班！"我在后面叫她，但她似乎没听见。

我扔下被子，赶紧追到妈妈的卧室去阻止她。但太迟了，玛伊肯已经站在妈妈的床边了。

"有人把卡罗琳娜偷走了。"她大声喊道，距离妈妈的脸只有十厘米左右。

"哦，可我没力气管这个。"妈妈说着把枕头放在头上。

躺在妈妈身边的波波睁开眼睛，看着玛伊肯。她的头发被汗水浸得湿漉漉的，安抚奶嘴松松地挂在嘴角。玛伊肯继续朝克里勒·蛋白酥的房间跑去，门都没敲就直接打开了门。

"卡罗琳娜被偷了！！！"

然后她冲下楼梯。克里勒来到走廊里，他已经穿好衣服了——白色裤子和匹配的马甲。他手里拿着一把梳子，他的头发是湿的，平整光滑。从他的房间里传出温柔、舒缓的音乐，也许是爵士乐。

"她说什么？"他问。

"我们的乌龟被偷了。"我说。

"什么？"克里勒说，"你确定吗？也许只是藏起来了？"

他是对的。我不得不自己去验证。我三步并作两步下了楼梯，跑步穿过厨房，来到门廊上。在这个时间里，我听到玛伊肯在吼叫："沙洛特！乌龟被劫走了！"

草地被露水打湿，我踮着脚来到放在草地上的围栏前。

"噢，不。"我说道。

因为卡罗琳娜不在那里，这一点已经很明显了。我蹲下来。

什么样的恶人会去偷一只乌龟呢？我盯着围栏里面看。看到卡罗琳娜的大水碗，它很喜欢在里面洗澡；看到波波为了让它有东西玩儿而放进去的红色的球；看到地面上的一个洞……什么？一个洞！我站起来，跳进围栏里，蹲下来。那个洞和一只乌龟差不多大、差不多宽，而且在围栏的另外一侧，还有一个洞！卡罗琳娜给自己挖了条地道钻了出去，它走了。

可是它怎么做到不让人发现的呢？它谋划了多久？我想起一个我看过的电影，一名囚犯用他塞在鞋子里偷出来的勺子在监狱的地板上挖出了一个洞。白天，他用毯子盖住那个洞，晚上继续挖。也许卡罗琳娜和他一样？轻轻地把水碗推到洞上面，不让我们发现那个洞。

"全天下有谁会去偷乌龟。"妈妈怀里抱着波波走出门廊时说道，玛伊肯紧跟在她身后。

"一个坏蛋！"玛伊肯气愤地说，"一个小偷！一个恶棍！"

克里勒·蛋白酥和外婆也挤在门口。外婆穿着她的那件带有寿司图案的丝质睡衣，灰色的头发披在肩上。

"希格。"波波指着坐在围栏里的我说。

爱因斯坦开始叫起来。

"对啊，"妈妈说，"你为什么在那里呢？"

"哦，"我抬起头看着他们所有人，"卡罗琳娜好像不是被偷走的，似乎是它自己逃走的。"

"一只乌龟怎么来得及逃走呢？"妈妈在我们所有人找遍花园的每一个角落之后说道。

卡罗琳娜不在外婆的简易帐篷里，不在树莓丛里，不在草莓地里，不在硕大的大黄叶下，也不在丁香凉亭里，不在柴火堆后，不在房车、护卫舰、吉普或者宝马车底下，不在小喷泉旁，也不在维纳斯雕像后。最后的线索就是距离围栏几米处的一片蒲公英叶，它在上面咬出了一个三角形的缺口。

"它是怎么逃走的呢？"妈妈重复道，"乌龟可是这世上速度最慢的动物呀。而它竟然还在这儿挖了个地道。你们一定从来都没有移动过围栏！"

"对不起。"我说。

"我移动过围栏，偶尔。"玛伊肯没心没肺地说。

只要妈妈一生气，我就会特别自责，而玛伊肯就不会。她只是耸耸肩，觉得这不是她的问题。这种感觉似乎相当舒适。

小卡罗琳娜！我整天都在忙着想我自己的问题，我忘记去想它了！愧疚感在心中燃烧。它现在在哪里？它会不会在斯卡布莱克孤独地爬行，还在……哭？如果乌龟会哭的话。

想想看,要是它被车压了呢?尽管它的壳还挺硬,但那应该也禁不住一辆车的重量吧?

妈妈把我们分成两组,我、爱因斯坦和克里勒·蛋白酥一组,她和玛伊肯、波波一组。她们会从房子后面出发,然后沿着房屋后面的草地、田野以及教堂后面的乡间道路寻找。我、爱因斯坦和克里勒要在房屋间和柏油马路上寻找。外婆待在家里,以防万一卡罗琳娜自己回家。就在我们穿好鞋子,准备出发之际,外婆跑了出来,手里拿着一沓纸,扔在餐桌上。

"你们把这些纸四处张贴一下!"

我走上前去阅读。玛伊肯挤到前面看,妈妈抱着波波,越过我肩膀阅读。在纸上有一张乌龟的大图片,但图片上的乌龟绝对不是卡罗琳娜,在图片下面外婆写道:

乌龟跑掉了!它是军绿色,大约25-35厘米长,能听懂自己的名字卡罗琳娜。如果你看到这只龟或者有它失踪的消息,请拨打这个号码!

下面有剪开的带有我们电话号码的小纸条,如果有人有线索,可以撕下来。

"我不会直接说,它'能听懂自己的名字卡罗琳娜',"妈妈读过纸条后说,"它和爱因斯坦不同。别人提到它的名字时,它不会有反应。"

"它当然知道自己叫什么名字。"玛伊肯极其肯定地说。

"这是哪只乌龟?"我指着图片问道。

"我从网上找的图,乌龟和乌龟很像,所有乌龟都长得差不多。"外婆说着点上一根烟。

"乌龟肯定也这么说我们人类!"玛伊肯说。

"跑掉了。"克里勒清了清嗓子说,"说它跑不太可信吧?也许更应该说它溜走了?或者爬走了?"

"我的天!"外婆恼火地说,"我不是请你们来批评指正的!现在赶紧出门去!"

她把我们都轰出餐厅。

我们找了两个小时。在每一根电线杆上都贴上了寻龟启示,在超市也贴了。我和克里勒·蛋白酥一起查看了每一辆汽车下面,在每一个树丛里面寻找。爱因斯坦嗅啊,嗅啊。有一次我以为我们找到它了,但其实是假的。那只是一个深绿色的帽子,被人丢在了长椅后面。没有丝毫卡罗琳娜的踪迹。当我们回到黄色房子里时,妈妈、玛伊肯和波波已经在那里了。她们一声不吭地坐在餐桌旁,用勺子舀粥喝。

"这是令人悲伤的一天。"玛伊肯难过地说。

我同意。这是令人悲伤的一天。非常令人悲伤的一天!

三个愤怒的恶魔表情符号

下午时分,门铃响了。铃声听起来像教堂的钟声,从一楼到二楼都能听得清清楚楚。门铃是外公制作的,但我们极少能听到,这里不常有人来访。

我跑下楼梯,碰巧撞了一下斑马,于是它头上的帽子掉在了地板上。我把它重新放好,打开门。

是朱诺。

我看着她,她就站在那里,一头绿松石色的长头发,穿着一身粉红色的衣服,背着一个单肩包,包上画着一只猫坐在火箭里的图片。救命！我想，她一定是来要回精灵的！但她不是为这个来的。

"我听说你们的乌龟跑了。"朱诺说。

"爬走了。"玛伊肯说，她突然出现在我身边，嘴里嚼着一块速冻土豆饼。

朱诺困惑地看着玛伊肯。

"好吧。"她说，"我想，我是否可以就这件事采访一下你们？"

"不行，我们不感兴趣。"我说着想要把门关上。

朱诺没有挪动位置。

"采访？"玛伊肯说，"为什么呀？"

"我来自布莱克新闻。那是一个报道在斯卡布莱克发生的一切事情的新闻频道。"

"是的，我知道，"我说，"但我们拒绝。"

"为什么呀？"玛伊肯惊讶地看着我说。

"对啊，为什么？"朱诺说，"我有两千多粉丝，而且几乎所有关注我的人都住在斯卡布莱克。如果我写一篇关于你们乌龟丢失的报道，那你们找回它的可能性就会大很多。如果有人看见过乌龟，就会知道它是谁家的，他们应该和谁联系。"

我犹豫了，她说的当然都是事实。真烦！

"谁来了，亲爱的？"外婆刚刚从卫生间出来，手里拿着一本书，嘴里叼着一根烟。

"啊哈，朱诺！很高兴见到你。"外婆说，她显然认识这个心肠歹毒的人。

"嗨，沙洛特。"朱诺礼貌地微笑着说。

"她想要就卡罗琳娜采访我们。"玛伊肯说，"采访它爬走的事情！"

"哦，是吗？听起来好极了。"外婆说，"进来吧。"

"嗯，进来！"玛伊肯说，"你想要一块土豆饼吗？"

她把装土豆饼的袋子举到朱诺面前，朱诺摇摇头。

"噢，不，"我赶紧说，"我要出去。"

我害怕极了，怕她会上楼，来到我的房间。怕她看到花园精灵躺在波波洋娃娃的玩具床上。我昨天刚刚给花园守护精灵拍了一张新照片。照片上比尔博和一台粉红色的塑料笔记本电脑一起躺在床上。不是真正的床，是那种波波给她的芭比娃娃用的玩具床。然后我这样写道：我终于可以感受躺在真正的床上的奢侈啦，以前那么多年我都是躺在硬邦邦的土地上。昨天一晚上我都在观看网飞[1]上的片子。我最欣赏的就是花园精灵罗密欧和朱丽叶的伟大爱情故事。/比尔博

这很病态，但我的粉丝已经增长到五百多个了。最近几天有个小高潮，有至少四十个新人关注了我。人们写评论，或者发表"笑哭了"这样的表情评论。朱诺，或者说布莱克

---

1 网飞：美国奈飞公司的简称，是一家会员订阅制的流媒体播放平台。

新闻也写了评论：你会为此受到审判！我们法庭上见！后面跟着三个恶魔表情符号。

我们坐在房屋正面的门廊上。朱诺架起一个三脚架，在上面固定好手机，连接好一个麦克风，一切看起来非常专业。我紧张起来。

"你必须要拍摄吗？"考虑到我斜视的眼睛，我问道。

和往常一样，我会看起来像个傻瓜。

"如果有一段录像，那看的人比只有照片和文字会多很多。"朱诺简短地说。

"好吧，"我说，"那我必须去拿一样东西。"

我走进房子，跑到我的房间。我可以戴上我的眼镜，把我的眼睛放大，让我看起来像小黄人，或者我也可以戴上墨镜。我一把抓过墨镜。

我再次来到楼下时，朱诺弯着腰正在抚弄爱因斯坦的耳后。她的声音很柔和："你是不是一只乖狗狗？没错，你是一只乖狗狗！"

爱因斯坦显然很喜欢，试着去舔她的脸。

朱诺闭着眼微笑，但试着躲开爱因斯坦臭气熏天的湿舌头。当她注意到我回来了，愣了一下，放开了爱因斯坦。她换了另外一种声音说道："那我们开始吧。"

我感觉到她看着我的墨镜神情有些奇怪，但她什么都没说。

她指着其中一把椅子,我听话地坐下来。爱因斯坦趴在我脚旁,这样让我有了一丝丝安全感。

"你准备好了吗?"她问道。

"好了。"我说。

"你叫什么来着?"她说着拿出一个笔记本。

"希格,"我说,"希格·怀尔德。"

她坐在我对面的椅子上,按下录制键,然后直视手机屏幕。

"我现在正在斯卡布莱克郊区一个花团锦簇的院子里。我对面坐着希格·怀尔德,他早晨刚刚惊恐地发现,家中的乌龟逃跑了。希格,你能说说,你是怎么发现心爱的乌龟不见了的吗?"

她把话筒递到我鼻子底下。

"哦……好的,其实是我妹妹玛伊肯发现卡罗琳娜不见了的。哦,我们的乌龟叫卡罗琳娜。"

"你妹妹什么时候发现卡罗琳娜不见了?"

"今天早晨,差不多八点半,也许九点吧。"

朱诺低头看她的笔记本。

"你可以描述一下卡罗琳娜吗?它长什么样子?"

"嗯……它是绿色的,军绿色的,然后有一个壳,当然了,嗯……大约这么大。"

我用手比画了二三十厘米的长度。

"可是……当它把头和四肢缩进壳里,就小一些了。如果它害怕的话,它就会缩起来。"

"卡罗琳娜是个怎样的人,你觉得?"

卡罗琳娜是个怎样的"人"?我推了推鼻梁上的墨镜。

"哦……它是一只乌龟,喜欢吃蒲公英叶而且喜欢在它的水碗里洗澡。它……嗯……很快乐,对生活很满意。"

"在它消失前,有没有什么迹象让你一下子就想到它是逃走的?它是否对什么有所不满?"

我想到了,我很久没有关心过它,这让我感到有个沉重的东西压到心头。

"我不太知道。"我咽了下口水说。

"现在感觉如何?它不在了?"

"哦,我感到很难过,而且……嗯,我希望它能很快回来。我们找了整整一早晨,但……"

"没有成果?"

"什么?"

"哦,没有找到?"朱诺说。

"没错。它最后的踪迹就是一片咬过的蒲公英叶子。"

朱诺再一次把镜头转过去,自己直接对着镜头说。

"我今天见到的是一个伤心的家庭,他们尽了一切努力寻找他们可爱的乌龟卡罗琳娜。如果有观看者知道有关卡罗琳娜失踪的任何消息，听到或者看到任何有帮助的信息，请随时联系布莱克新闻编辑部。这里是布莱克新闻的朱诺·特兰德。"

朱诺关掉手机，然后她希望我能给她看一下卡罗琳娜的围栏。于是我们来到房屋后面，她趴在地上，拍摄了一张卡罗琳娜挖的地道的特写。她也为卡罗琳娜最后吃过的蒲公英叶子拍摄了一组连拍照片，此外，她还请求看一下外婆制作的寻龟启示。

我拿着启示走出来时，她正在逗爱因斯坦玩儿。她笑着把卡罗琳娜的红球扔出去，爱因斯坦冲了出去，抓住了球，跑了回来。但是当我清了清嗓子，把纸递给她时，她又恢复了原来的样子，立刻严肃起来。

"谢谢。"她短促地说，"如果我收到消息，会联系你的。"

她把手机、话筒、笔记本都放进单肩包里，然后冷冷地看了我一眼，猛地转过头去，绿松石色的头发也被甩了过去，最后，她走出了我们的院子。

剩余 27 天
法棍面包、臭奶酪和戴贝雷帽的男人

我和外婆要用她的白色大吉普送克里勒·蛋白酥去北雪平机场。我来到克里勒的房间问他是否可以出发,这时他正要把他的棕色旧皮箱关上。那里,所有的东西都被叠成四四方方的完美摆放好了:衬衣、马甲、裤子、内裤。所有东西都看起来熨烫平整,就连内裤也是。

"你还有地方放精灵吗?"我问道。

"当然,"克里勒指着盖子里面的一个夹层给我看,"它放在这里就行。我把精灵用毛巾包好,这样它应该就不会有问题了。你想让我现在就把它放进去吗?"他问。

"现在不用。"我说,"我打算到机场再给它拍最后一张照片。"

克里勒·蛋白酥把行李放进后备厢,坐在副驾驶。他穿着雅致的浅蓝色西装,白衬衫,戴着一顶白帽子,帽子上有一圈浅蓝色的丝带。我和花园精灵坐在后排。我们在各自的座位上都系好了安全带。外婆的车都是敞篷车,就是说,可以把车顶折叠起来敞着车篷开的那种车,这辆吉普也是。外婆从车库倒车速度太快了,克里勒不得不抓住头上的帽子以免被风刮走。然后,吉普慢慢在房屋间穿行,但就在我们要驶上大路之前,外婆把车停在等候警示牌旁,转过身对克里勒说:"你最好把帽子摘了,克里勒。"

克里勒·蛋白酥不解地看着她,但还是很听话地摘掉了帽子。外婆打开收音机,一个特别柔和的男人的声音传来:

Wouldn't it be nice if we were older
Then we wouldn't have to wait so long?
And wouldn't it be nice to live together
In the kind of world where we belong?
(如果我们更老一些,那该有多好
那样我们就不必非要等这么久
如果我们能在一起生活,那该有多好

在这世界某处只属于我们的地方）

然后，外婆突然急加速，给人感觉车的燃料箱里装的是火箭燃料。速度表显示时速一百三十公里，她还不顾死活地超过一辆长拖挂货车，克里勒高声喊道，如果有可能，他更愿意活到明天。外婆把车速减慢了一点儿，但还是超出限速很多，不过她看上去很不高兴。虽然外婆的车开得像个偷车贼，妈妈经常这样说，但是坐在她的车里，我从没害怕过。也许除了那次在直线竞速赛道上吧。如果外婆有什么拿手的技能，那就是开车了。

到机场车程半小时。当我们来到机场时，我和克里勒的头发像两个乱蓬蓬的鸟窝。不过外婆已经理好了她的头发，发丝优雅地垂在她的一侧肩上。克里勒不满地从后视镜里看着自己，想要用手指整理一下原本烫得很规整的卷发。然后他把帽子扣在头上，说道："好吧，先凑合这样吧。"他打开车门，下了车。

我们跟着克里勒一起走进机场。他平时都很冷静，这次却不太有把握地左看看、右看看。

"嗯，"他说，"我有一阵子没出过国了。"

"我们来帮你搞定，克里勒。"外婆说完，带着他朝一个办理登机的柜台走去。

我从波波的房间借了一个小旅行箱带过来。我把花园精灵和旅行箱放在办理登机牌的队伍的队尾,然后开始拍照。我先拍了几张近照,随后又拍了几张全景,让别人能看出来精灵身处一个机场。

一个背着特大号背包的小孩子指着说:"看啊,精灵要出门旅行。"

"没错,"我说,"这就是它要做的,去看世界。"

我把照片上传到花园守护精灵的账户里,并且写道:匆匆忙忙赶往巴黎。法国很久以来一直以它的法棍面包、臭奶酪和红酒吸引着我。也许我会扔掉这个尖顶帽。给我自己弄一顶贝雷帽。Au revoir! / 比尔博

Au revoir 在法语里是"再会"的意思。我已经查过了。

外婆和克里勒·蛋白酥拿着他的登机牌回来了。他要在另外一个地方托运行李,是时候把精灵放进箱子里并且和它说再见了。外婆拥抱了克里勒,叮嘱他一定要在巴黎玩得开心,哦,当然还有柏林和伦敦。克里勒向我伸出手,但我给了他一个拥抱。

"谢谢你愿意带上精灵。"我说。

"我当然愿意帮助一个拥有艺术抱负的年轻人!"克里勒说,"我自己也年轻过,不管你信不信,我真的需要有人相信我的电影构思。我把这个任务当作是我的荣幸,希格。我的荣幸!"

我们对彼此微笑,我对他说 au revoir,克里勒对我的法

语知识很惊讶。外婆说 bon voyage,她解释说,意思是"旅途愉快",克里勒说 merci,意思是"谢谢"。然后,他就离开了。但没走几米,他就转过身挥手,我和外婆也朝他挥手。尽管有时候克里勒总是不停地说他的电影构思让我有些厌烦,但我感到,我真的会想他,会想念他的絮絮叨叨。

没有精灵可以更幸福

时光飞逝,日子一天天过去。我不得不说,没什么大事发生。妈妈每周值两三个夜班,玛伊肯几乎随时随地都在和浣熊男孩一起玩。他们制作了一张报纸(可以说是报纸吧),主题是非常罕见的鱼类笑话。他们复制了四十份,然后在斯卡布莱克四处贩卖,五克朗一份。我想看看里面写的什么,玛伊肯却说:"如果你不是猫,就没有任何折扣。"

因为我不是猫,而且我也拒绝支付五克朗,所以我没看到报纸。但外婆买了一份给我,这使得我能参与一下他们的手绘小鱼图案和相关笑话。

外婆摆弄雪佛兰护卫舰时,波波总是陪在她身边,尽管波波连"汽车"都还不会说,但她能区分内六角螺丝扳手和电动螺丝刀,在外婆需要时,波波能递工具给她。

我本人在摆弄我的渔猎标枪发明,练习把标枪射到碎石子路旁田野里的一棵树上,我遛爱因斯坦时经常会路过那里。因为有几根绳子把渔猎标枪绑在我的腰上,因此瞄准并不是一件简单的事,但我没有放弃。瞄准、射出、再瞄准、再射出,一次又一次。一开始我一次都射不中那棵树,但是在我待在田野里两三个下午之后,我意识到,我慢慢地越射越准了,最后,我几乎每次都能射中那棵树!

我还缝补了一只水貂标本,和爱因斯坦一起玩儿,滑轮滑,寻找卡罗琳娜,虽然我从来都不抱能够找到它的希望。不过有些大路我拒绝去找,那里有满载原木的大货车轰隆隆驶过。即使卡罗琳娜的壳再坚硬,被这样的货车碾压之后,它也绝对不可能活下来。如果找到它被碾碎压成肉饼的尸体,我肯定也活不下去了。

克里勒·蛋白酥从巴黎发来几张照片,并且写道:亲爱的希格!现在我和精灵一起逛巴黎!你觉得这几张照片能用吗?

我看到照片时,哈哈大笑起来,实在拍得太好了!其中一张照片,是花园精灵快乐笑脸的近照,背景是埃菲尔铁塔。另外一张,是它在咖啡馆里喝加奶咖啡的意思。第三张,是它和其他很多人站在一起,在卢浮宫博物馆里观赏名画蒙娜丽莎。

我回复他:克里勒,你是个天才!另:电影进行得怎么样?

克里勒回复说,一切都在按计划进行。他已经找到了地方,也敲定了演员,并且开始拍摄了!现在他和精灵要去柏林啦,他们两个都很期待。他发来一张他和精灵的自拍照,我回复了一张我和爱因斯坦的自拍过去。

我立刻就把巴黎照片上传到精灵守护花园的账号里,配上文字:巴黎值得我所有的期待。没有精灵可以比我更幸福!/比尔博

剩余 22 天
一只乌龟在自行车架上

丁零零！！！

我一下子跳了起来，就好像有人电击了我一下似的。我一直都没办法适应客厅里的电话铃声。那一天，斑马头上戴着绿色的尖顶帽，它盯着我，就好像觉得我是一个可以轻易就被吓唬到的蠢货。我朝它吐舌头，用外婆教我的话来接听电话："布莱克皇家金色大饭店。"

"喂！"电话另外一端的人喘着粗气。

"喂？"

"我……我刚刚得到一个消息！关于乌龟的！"

"你是谁啊？"我问。

"哦！是我！朱诺！五分钟后见。骑上你的自行车！"

"我没自行车。"

"哦，那穿上你的旱冰鞋！"

"那是轮滑鞋。"

"好，好！穿上你的轮滑鞋，到我这儿来！"

我迅速穿上轮滑鞋，滑到朱诺家。她已经骑在自行车上等我了，她双脚都踩在脚蹬上，一只手扶着一根电线杆。蒲公英黄色的头盔下是长长的绿松石色的头发。我还没来得及走上前去，她就高声喊道："跟上！"

她穿过马路，骑上人行道，然后拐进一个铺着沥青的步行路。我跟在她身后，脑子里有上千个问号。什么消息？来自谁？我避开一个推婴儿车的妈妈，躲开那些碎石子过多的路面。朱诺回过头看看我有没有跟上。

"出什么事儿了？"我喊道。

"有一个人打电话过来，"她半喊着说，"给布莱克新闻编辑部打电话！哦，也就是说给我打电话。"她明确说，"她说，她看见过你的乌龟！"

"真的吗？"

"对！"朱诺说，"它在学校那边！莫斯陶普学校。我们必须在它爬走之前赶到那里去。"

我明白事态紧急。尽管卡罗琳娜是一只乌龟,但事实证明,在需要的时候,它的动作也能出人意料地快。朱诺臀部离开自行车座,她蹬得太快了,绿松石色的头发都飘了起来,我也拼了命地往前滑,好像这关乎性命一般。嗯,也许还真的如此,关乎一只乌龟的性命。

莫斯陶普学校坐落在距离镇中心不远处,靠近那座大造纸厂,无论身处斯卡布莱克何处,都能看见那座造纸厂。但是靠近之后工厂看起来还要大很多。两根细高的烟囱朝天吐出一团团厚厚的灰白烟雾。我以前和外婆一起来过镇中心,但从没来过学校。直到我们来到铺了柏油路面的停车场之后,我才突然意识到,我八月份要开始学习的地方就是这里。只剩下二十二天啦,一阵不安袭上心头,像地平线上的一团积雨云,我努力推开它。现在不是我的问题,是卡罗琳娜。

朱诺把自行车扔在一块草坪上,它哗啦一声倒在地上。

这所学校看上去很大,多栋红砖的建筑有高有低,还有一个很大的铺了沥青的校园广场,周围有一些小树和绿色的矮树丛。

"跟我来!那个打电话来的阿姨说,她和她的猫出门散步时在餐厅外看到了卡罗琳娜。谁现在会出门遛猫呢?咳,不管怎么说吧,猫突然冲着草里的一个东西呜呜地叫,阿姨以为是一条蛇!这人一定有点儿眼瞎,乌龟和蛇看起来应该差得挺远吧?"

"世上最胖、最短的蛇。"我说,就在这一刻,朱诺看起来好像就要笑出来了。

然后,好像她又恢复了以往的自己,又变得严肃起来。

我们决定尽可能仔细地搜寻整片草地,一平方米一平方米地搜索。我们一言不发地肩并肩走着,全神贯注地低头盯着地面。我们找到了糖纸、一只旧的黑色手套和一个好像被人咬过的纸杯子,但是没有卡罗琳娜。

"你在这所学校上学吗?"我问。

"是的。"朱诺说。

"哪个班级?"我问。

"开学六年级。"

"噢,我也是。"我说。

"那你在哪个学校?"朱诺问。

"我开学要在这儿上学。"

她停下来,看着我。

"你要来吗?我以为你只是来这里亲戚家玩儿?"

"不是,我们搬到这里来了。"

"是吗。"

她继续往前走。

"这所学校好吗?"我谨慎地问。

"好呀。如果你必须要上一所学校的话,那就上这里好了。而我必须要上学,因为我要当记者。这就是我的第一个独家新闻。"

她的手在眼前比画了一下横扫一片的感觉。

"跑掉的乌龟重新被找到!明星记者朱诺·特兰德追寻踪迹,找到乌龟藏身之所!"

就在这时,我看到了一样东西。一小片蒲公英叶子,被咬出了一个小小的三角形缺口。典型的"卡罗琳娜咬痕"。

"快看!"我喊道,"它来过这里!它吃过这个!"

"什么?哪儿?"

我把叶子指给朱诺看,她赶忙拿出手机拍了张照片。

"问题是,我们不知道这是多久之前的事情。"朱诺皱起眉说道。

房屋墙壁旁的草长得比较高,我用脚在草地上扒拉,看看是否后面会藏着一只小乌龟。

"用这个吧。"朱诺指着几米外地上的一根细长的小木棍说。

它很适合扒拉草丛。

"我去另一侧看看。"朱诺说完消失在墙的拐角处。

我刚要拿起木棍,就看到一个圆圆的、苔藓绿色的东西!卡罗琳娜!我简直不敢相信我的眼睛!它就在草地上,平静地在啃一片蒲公英叶。我高兴地大叫起来。

"啊啊啊!它在这儿!啊,上帝!它在这儿!"

"哪儿呢?哪儿呢?"

"那儿！"我指着卡罗琳娜，朱诺朝我们冲过来，卡罗琳娜把头和四肢都缩进龟壳里。

"哇！"朱诺说，"哇，哇，哇！"

我坐在草地上，抚摸着卡罗琳娜的龟壳。朱诺小心翼翼地坐在旁边，伸出手来。

"它不咬人吧？"

"不咬。只要你不是蒲公英叶子。"

这时，她看着我，笑了。

我们一个多小时后回到家，看到乌龟后大家乱成一团。玛伊肯和浣熊男孩高兴地大喊大笑，波波手舞足蹈，妈妈哭了，因为她终于松了一口气。外婆出去买来冰激凌，好几大盒，玛伊肯去地下室拿来外公发明的雪球挖勺。朱诺从来都没见过这么大的冰激凌球。

我们坐在门廊上，我和朱诺不得不把我们怎么找到卡罗琳娜的过程反复讲了三四遍，还有遛猫的阿姨打来的电话，以及我们怎么像疯子一样冲向学校，我们怎么在草地上四处搜寻，最后怎么发现它就在一根小木棍旁。

"没错，"这时朱诺说道，"可我们怎么把它弄回家啊？"

"'我们总不能把它夹在自行车后座架子上吧？'我对希格说。你们想想看，把一只可怜的乌龟就那样用夹货的夹子夹住。但他却说：'后座架子！好主意！'可我说：'啊？我刚说我们不能把它夹在后座架子上。'"

"没错,"我说,"但后来我们看到一个纸盒子!这时我想到,我们也许不能直接把卡罗琳娜夹在后座架子上,但我们可以把一个纸盒夹在那里固定好,然后再把卡罗琳娜放进去!"

"于是我们就搜集了很多草和蒲公英叶,"朱诺说,"然后我们把乌龟放在纸盒里,这样它就能很舒服了,而且还有好吃的。然后我们就一路骑回了家!哦,我骑自行车,希格滑旱冰。"

"是轮滑。"我说。

"好,好。"朱诺说,"轮滑。"

"妙极了!顶级团队合作!我为你们自豪!它能回家真是太好了。"妈妈满眼爱意地看着围栏说。

卡罗琳娜回到了围栏里,正在它的水碗里洗澡,就好像什么都没发生过。

我送朱诺回家,分开前,她问我是否愿意明天一起游泳,去一个名叫茂恩的湖。一点点快乐的小火苗在胸中点燃!

但突然我想起来,我必须要酷才行。我努力不表现出来,酷的人不应该表现出很感兴趣的样子。

"那好吧。"我耸了耸肩说。

"哦,不过如果你不想来可以不用来。"朱诺有点儿懊恼地说。

"没有,我来,"我说着,扶了扶墨镜,"我们一起去。"她奇怪地看着我。

我们决定十一点见,朱诺说再见时,给了我一个罕见的微笑。我仅仅蹬了几步就滑回了外婆家。来到车库入口前,单纯因为难以抑制的高兴,我做了一个皮鲁埃特脚尖旋转。半优雅地落地,不得不用手撑了一下雪佛兰护卫舰。车身砰的一声闷响,触发了汽车防盗警报。它疯狂地咆哮起来,哔哔哔——哇哇哇——哔哔哔——哇哇哇!难以想象!声音太响了,我像被冻住了一般不知所措。突然,妈妈冲了出来,她跑得那么快,好像有人用大炮把她发射出来似的。波波可爱的小脸出现在门口,她看起来是被吓坏了。

"出什么事儿了?"妈妈问,"有人想要偷车吗?"

"没有,只是我不小心敲了它一下。"我在噪音间隙回答她。

我听到爱因斯坦穿过院子飞奔过来,它一路叫啊,叫啊。最后,外婆来了,她手里拿着一个黑色的小东西,举起来对着汽车哔哔响了两声,噪音结束了。四周不自然地一片寂静。大约三秒钟,突然听到另外一阵咆哮,没有警报声音那么高,但也差不太多,是波波哭了,或者说,在号叫。妈妈跑过去,抱起她。

"小乖!没事,没事!"

"能不能请你下次滑轮滑的时候不要撞上雪佛兰。"外婆严厉地说。

她很少听起来生气或者恼火。她不需要，因为她对规则和秩序好像都不太在乎，但很显然，她还是有底线的。

外婆、妈妈和波波消失在房门里，我独自站在车库入口。妈妈从门里探出头，她一定被警报声震聋了耳朵，因为她高声喊道："希格，现在豚鼠心灵受到了巨大的创伤！它们像木棍一样僵硬！你得进来照顾它们！"

我转过身，看看朱诺有没有看到这一片混乱。很显然，她看到了。她站在土坡上，俯视着我。风吹散了她绿松石色的头发，睡衣拍打着她的脚踝。除此之外，她看上去很平静。她看起来像是天上的女神，惊奇地观看着人间的傻瓜。

一只患阿尔兹海默症的猴子

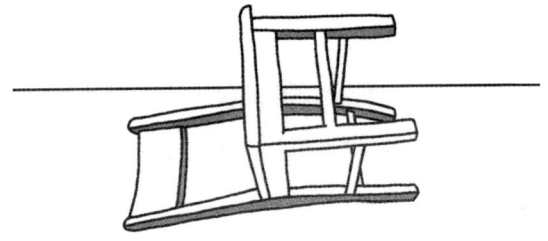

晚上我坐在书桌前翻看我的笔记本。我原本打算继续画我的渔猎标枪发明,但一种不安在身体里横冲直撞、嗡嗡作响。我为什么会有这种感觉?我应该高兴才对啊!卡罗琳娜找到了,而且我和朱诺在一起整整一天!我们彼此交谈,而且一切都很顺利,她没有像看一个怪胎一样看我,至少在我弄响汽车报警器之前没有。我希望这件事不要毁掉太多。

尽管事情好像发展得不错,但我还是不能肯定。我害怕我自我表现太多,我们找到卡罗琳娜时,我喊声太大、太高兴,挥舞手臂时表现得太活蹦乱跳,话太多。

我翻到写着受欢迎定义的那一页。"受欢迎"一词有很多意思,但通常情况下指,在很多人身上引发兴趣和热情的人或物。我引发了朱诺的兴趣?也许还有一点点热情?我很想相信这一点。

我想到学校。距离开学的日子不远了。三周零一天。我们在餐厅外找到卡罗琳娜。餐厅!在斯德哥尔摩我以前的学校里,从某种角度上来说,餐厅是最糟糕的地方。我不想去想以前的样子,我只想休息,好好过一个暑假,但是记忆却固执地挤进来,像火堆里冒出来的一股烟,寻找路径,进入意识。尽管我把所有的门窗全都关死,但总有东西可以渗透进来,微小的一丝丝灰黑的烟尘。

不安,无休无止的不安。我该坐在哪儿,我是否需要做我自己,或者假装我正在忙着做什么。一个人手里端着一个盘子,上面有两把刀叉、一只装满东西的玻璃杯,他能有多忙呢,但是突然,那个看起来几乎永远都不会被压碎的杯子被压碎了,破碎成千千万万的碎片。

我们小的时候会从玻璃杯里去看我们能活到几岁。我们快速喝光杯子里的牛奶,为了看杯底的数字是多少。有可能是十二,或者二十七,或者五十八。大家都不想太老,也不想太年轻,比自己的年龄大几岁最好,也许五岁,也许十岁吧。我总是焦虑,怕杯子里的自己会太老,六十七或者七十八。因为你们知道吗,几乎什么事情他们都可以用来挑衅我,就连杯子里的我会活到很老也可以。

我身上有种东西,有种东西不太对。为什么我总会固执于一个想法?为什么我上厕所或者系鞋带需要那么长时间?当我要去室外休息或者去餐厅时,为什么从来都没有人等我?

一个特别的记忆挤进来。我摇摇头,站起来,离开书桌,走到照亮整个房间的弹珠游戏前。我看着身穿长裙的福尔图娜[1]女神像,用手去摸旁边的按钮,然后瘫坐在地板上。我没办法甩掉那个念头。

一个秋日,空气清冽,近乎有点儿"酥脆"的感觉。我走在去餐厅的路上,独自一人。其他人早就过去了。我拿着橙色托盘排队,往盘子里盛了一些米饭和棕色的、全是汤水的蔬菜卷。我朝餐厅望去,嗡嗡的噪声音量很高,几乎震耳欲聋。说话声、笑声,还有叫喊声,有人打翻了一整杯牛奶,塑胶地板上形成了一小片白色的汪洋。我该坐在哪儿呢?紧张感好像喉咙里恶心的感觉。

啊,那儿!那里有一个位置。在第十号或者十二号桌子?在那样一张桌子旁,在他身边有一个空位置。他,我的朋友,瓦尔特。红色的头发在阳光下像是一团金线。我已经开始感

---

[1] 福尔图娜:罗马神话最古老的女神之一。作为时运女神,她司掌着人间的幸福和机遇。

到不安了,不知道我们要聊什么话题,我应该说些什么,有意思的话题,还是普通的话题,尽管我为这些感到不安,但看到他在那里,还是让我松了一口气。那里有一个位置。那里有一个我可以坐的位置。

我朝那个位置走去。我朝那把椅子走去。把托盘放在桌上占住座位。它就像经历了一场累人的长距离赛跑后的终点线。浅色的木头,椅背上贴着两条香蕉贴纸。这时,就在这时,突然有个人把自己的包放在了上面,一个冰球包,黑色的。我看着那只放冰球包的手,瓦尔特的手。他没看到我正要坐下吗?我犹豫了。我应该继续向前走吗?或者我还是应该停下来?询问他我是否能坐在这里?我放慢脚步,为了能想想清楚。

可是,我多蠢啊!他是我朋友呀!为什么我不能坐在他身边呢?我朝着椅子点点头。

"我能坐这儿吗?"

沉默持续了漫长的一秒钟。这时,有个人说:"哦,当然了。把包拿开,瓦尔特。"于是瓦尔特照做了,好像他已经开始按照别人说的话去做了似的。他甚至已经开始打冰球了,因为很显然,那才是男孩子都在从事的冰上运动。而不是穿着紧身衣裤滑来滑去,做着皮鲁埃特旋转。瓦尔特旁边坐着巴德。巴德很受欢迎,尽管我真的很难想象那是为什么。他没有任何一点儿特质是我喜欢的,相貌也不好看,他看起

来像只老鼠,但似乎其他人都看不到。巴德在微笑。这不是一个温暖的微笑。还有声音,阴郁低沉,还有点儿迟缓拖沓:

"啊哈,希格。这么说你吃橡皮?"

"啊?"

其他人在偷笑。瓦尔特低头盯着盘子里面剩下的米饭和炖鸡块。一开始我不明白他的意思。但是突然反应过来!我对瓦尔特说过一件事,很信任地告诉过他,因为我确实吃过一块橡皮。我自己都不知道为什么,这不是一个经过深思熟虑的决定,我只是碰巧咬了一口。我想要尝尝味道,或者我也不知道为什么。我讲述的时候瓦尔特笑得很厉害。

"你真是个疯子。"他是这么说的。

但他说这话并无恶意,至少我不觉得有。

但他一定告诉了别人。

声音又响起来,巴德的。

"承认你吃过,吃过橡皮。"

"你说什么呢?"我说,但我自己也相信我的声音听上去没有多少可信度。

"别装了,你知道我什么意思!你吃过一块橡皮。"

一直到这一刻为止,其他人都闭着嘴巴,但现在,好像有人打开了录音机播放键一般。突然所有人都说起话来。

"你就承认吧!"

"谁会吃橡皮?你脑子坏了!"

"你五岁吗？还是？"

"橡皮好吃吗？你有没有什么可以推荐的？"

"橡皮，哦，一定是典型的娘炮食品。"

"你还吃过什么？"

"一定吃过洗涤剂！肥皂！胶水！"

"屎！"

他们爆笑起来。

"对！承认吧，你吃过屎！"

"希格，希格，希格！承认你吃过屎！"

他们喊啊，喊啊，像一群兴奋的土狼。但突然，巴德平静的声音响起，一个近乎成年人的声音。

"希格娘炮，承认吧，承认你吃过屎。"

我摇摇头。

"说吧，"巴德继续说，"说你吃屎，说你喜欢吃屎。"

我绝望地看看四周。我心中有个东西在滋长。有个东西炸裂开，变得锋利起来。我试着和瓦尔特对视，但他拒绝看我。他哪里都看，目光扫过自动牛奶机、沙拉吧、八个正在排队等着取餐的高谈阔论的人，但就是拒绝看我。

"承认吧，希格。"

"承认！"

"承认！！！"

我一下子站起来，椅子在我身后倒了下去。我想要说什么，说些让他们闭嘴的话。但我办不到。词语好像被锁在了身体里。我冲出餐厅。眼泪在眼眶里灼烧，放它们出来危险至极。

在我身后，响起巴德的声音：

"他真是个可怜的牺牲品啊，那个希格。啊哈，像个女芭蕾舞演员一样踮着脚尖走路，像个患阿尔兹海默症的猴子一样斜眼，还吃屎。太娘炮了。"

瓦尔特为什么这么做？他为什么把我扔给这群狼？因为有趣？因为要自保？因为他意识到，只要不和我在一起，他就能交到朋友？因为我就是瘟疫，把他也拽入沼泽。

最糟糕的是，我的一部分竟然可以理解他。我也会逃离我自己。如果我可以的话。

剩余 21 天
厕所里的水貂

九点,我猛地醒来。我在地下室外公的一堆东西里找到了一只旧闹钟。它是一个军人敲鼓的造型,军人有一个大大的鼻子。哦,对了,它敲的鼓,能把外公从死人堆里叫醒。

我起来洗了个澡,因为我需要干净清爽地去……去游泳。我擦干头发,看了看镜子,我意识到,我不得不在朱诺面前展示这个瘦骨嶙峋的身体!我不能忍受我自己看起来这么胆小可怜。我记得关于想要"受欢迎"自己写过些什么:看上去像健身达人。

这件事情最好的地方恰恰就是,你不需要是健身达人,你只要看上去像健身达人就行。但我怎么才能像呢?我用食指按揉了几下太阳穴。头脑风暴!"在一个人绞尽脑汁想办法时,所有想出来的点子都是好点子"这是外公曾经说过的。这可能是他曾经说过的最长的一句话了。

我也许可以上网搜索一个健身达人的身体,用外婆的打印机按照自然比例打印出来,然后一整天都躲在这张纸背后?够呛,这不是什么特别聪明的解决方案。第一,我需要自始至终保持一个方向朝前;第二,对游泳来说,纸并不是什么好的材质;第三,很可能被人一眼就看出来。不行,我得想其他办法。我紧紧盯着镜子里的自己,我的一只眼睛斜视看着鼻子。

"思考,希格,思考!"

这时,我看见一样东西,头脑中叮的一声!灵光乍现!因为浴室架子上放着的东西是外婆的化妆品!装满各种颜色眼影的小盒子。我要是有什么特长的话,那就是画画、上色、画线条、涂阴影。啊,上帝,我真是天才!

我脱下上衣,顺手拿过来几个盒子和刷子。很走运,外婆在浴室里有一个能够看到全身的大镜子。然后,我上网搜索到几张健身达人的身材图片。网上这种图片要多少有多少!我选择了一张金发男子的图片,他的腹肌看得特别清楚,甚至清楚得有些夸张。他的肌肉闪着光,高高地隆起,看上去像塑料的似的。我思考了一会儿应该使用什么样的颜色来画腹肌上的马甲线。也许用棕色比较好？

我拿起一把比较大的化妆刷，试着在腹部中间画上一条长长的竖线做阴影，从肋骨中间一直画到肚脐。然后我又画了一条与第一条线交叉的线，现在看上去差不多像是一个十字。我仔细研究了一下那个金发男人，看看剩下的线条应该画在哪里。不过，尽管我很擅长画画，但我极少在自己的身体上作画，而且我以前也从没画过眼影。我使用了几个不同的眼影，为了达到最好的效果：灰色的、棕色的、黑色的。

有人在拉拽门把手。见鬼，我忘了锁门。波波探头看进来，说道："嗨，嗨！"

她努力想要把门弄开，但是有点儿困难，因为她一手抱着一只水貂。

"拉屄屄。"

我以前从没听她说过这个词！

"你学会说新词啦，波波！太棒了！"

"拉屄屄，拉屄屄。"波波满意地说，她把貂貂和鼬鼬放在地上，扯下纸尿裤，坐在她的便盆上。

"你一定要现在就拉屄屄吗？好吧好吧……哦，你已经开始了，好吧。"

把所有的东西都拿出去很麻烦，于是我只能让她在那里使劲儿，而我这边继续。我认认真真地勾勒出一块一块的腹肌的线条,然后再涂上阴影,让它看上去有一种自然的效果,波波的目光一直盯着镜子里的我。一个三岁孩子的优点在于,对她来说这世上任何事情都不奇怪。厕所里的两只水貂标本,思慕雪里的冷冻三文鱼块,肚子上的眼影,一切都同样正常。如此说来,三岁的孩子是特别没有成见的。为此我对她突然感觉到一阵强烈的爱。我冲着她微笑,但她没看我,因为她正忙着用自己的牙刷给貂貂梳毛,也有可能是鼬鼬吧。

我打量着镜子里的自己。转身,扭动身体,对着光看。我必须要说,看起来其实相当不错!肌肉!我有肌肉啦!或者说,嗯,至少看上去有啦。突然波波高声喊道:"好啦!"

我赶忙逃出浴室。我感觉,我对她的爱还没有强烈到可以给她擦屁股的程度。

两个秘密和一只飞行的鳄鱼

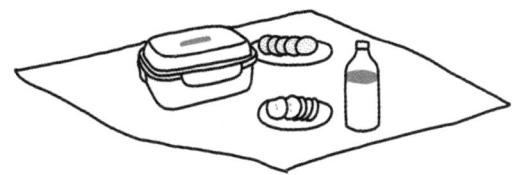

我来到朱诺家时,她家的车库大门敞着。我还没看见朱诺,就听见她的自行车链条在变速挡上切换时发出咯吱咯吱的声音逐渐靠近。

"嗨。"她说。

她看上去很高兴,绿松石色的头发在阳光下有一层漂亮的光泽。

"嗨。"我酷酷地说。

在头脑中,我一遍遍重复我必须记住的东西:

说话时不要甩胳膊,不要搓手。无论多高兴,都不要又蹦又叫。要酷,要与人交往,要幽默。不承认自己喜欢花样滑冰。

她让自行车靠在自己髋部,腾出双手戴头盔,但车摇摇晃晃的,差点儿倒了,是我像个英雄似的,冲过去一把抓住了它。

"谢谢。"朱诺戴好头盔后说道。

她坐上自行车,蹬了起来,把印有猫咪坐火箭里图案的包甩到背上。我滑轮滑跟在她后面。我们走了一条和昨天不同的路,路过了一些砖瓦和木质的房子,一些院子里的草坪上摆放着蹦床。然后我们路过一个足球场,朱诺说,球场名叫坟岗球场,我觉得对于一个足球场来说,这是一个特别奇怪的名字,但朱诺说,那是因为球场就坐落在教堂旁边。

大约用了二十分钟,我们来到了泳池。一开始,我们来到一片很大的绿色草地上,那里挤满了房车和帐篷。一块大牌子上写着"软泥草场露营地和泳池"。旁边还有一个布告栏,上面有很多小纸条和一张黄、绿、红的大幅广告招贴画,上面写着"卡勒·巴阿"。

"卡勒·巴阿,"我说,"那是谁?"

朱诺笑了起来。

"是一个乐队,不是一个人。他们演奏雷鬼乐,你应该知道吧,布莱克被称作瑞典的金斯敦?"

"什么？不知道！为什么呢？"

"哦，是这样，金斯敦不是牙买加的首都吗，雷鬼乐就是从那儿起源的。在瑞典，布莱克是雷鬼乐的首都……嗯，因为这里有很多雷鬼乐队。不过卡勒·巴阿肯定是最好的。"

我给她讲怎样判断一辆车是牙买加车的笑话，朱诺居然知道答案！我很吃惊，差点儿就喊出来"哇！"但我突然想到，要装酷，于是我什么都没说。我只是做了个奇怪的表情，并且竖起了大拇指。

我们来到一栋红色的木房子前，那里卖薯条和饮料。一条长长的队伍从售卖处弯弯曲曲地延伸出来，一个满头大汗的老头儿用一张百元钞票当扇子在脸前扇风，想让自己凉快一点儿，他挺着大肚子，像个孕妇。我能理解他，现在天气热得像在烤炉里。

房子远处能够看到湖滨和一片草地，草地上铺了很多色彩明快的毯子。人们躺在毯子上晒太阳、野餐或者在草地上跑步。阳光洒在水面上，金光闪闪。湖水很蓝，蓝得像明信片里的水面才有的颜色。

我不得不脱下轮滑鞋，因为前面没有路了。朱诺推着自行车，我光着脚走在柔软的草地上。我们找到一块平地，那里人不太多。朱诺带了一块很大的橙色毯子，她把毯子铺开，我拿出妈妈给我准备的餐盒，里面有橙汁、饼干和撒着肉豆蔻的苹果片。我不知道，带餐盒会不会很尴尬，所以我说我不需要，但妈妈坚持让我带上。当我告诉她，我要跟朱诺去游泳时，她特别高兴，我不想让她失望。

但是朱诺说："哇，好吃！"

我想起了克里勒·蛋白酥在那部电影里曾经说起过的一个人物，巴兹尔·霍林赫斯特，或者差不多这个名字吧。他特别受欢迎，因为他绅士、迷人、富有。富有我可以直接划掉了，但绅士和迷人我可以努力一下。

我比较放松地半卧在毯子上，拿出那包巧克力"香烟"，递到她面前。

"什么东西？"她皱着眉头问。

"香烟。"我以一种自己觉得还比较酷的方式说，"巧克力香烟，其实是。"

我把它放进嘴角。

"好吧。"朱诺从盒子里拿出一根。

但她没有假装抽烟，她只是把纸剥下来，直接放进了嘴里。

我推了推墨镜。一个如此阳光明媚的日子，我戴着墨镜当然一点儿都不奇怪。但我还是会期盼我买到隐形眼镜的那一天，那时我想戴墨镜时才去戴墨镜，而不是为了遮住我的眼睛。朱诺一言不发地坐在那里，看着远处的水面，人们在游泳、嬉戏、打水仗。一个和波波差不多大的孩子拿着一只红色的塑料桶，把水倒在一个大大的沙堆上。我感觉很紧张。

我们该说点儿什么好呢？我想到我读过的东西：讲述你自己，提问题，开小玩笑。

"我已经滑轮滑两年多了。"

"是吗？"朱诺说，"是什么让你开始想滑轮滑的？"

妈呀，这我真的不能讲。原因就是我对花样滑冰的热爱啊。在巴德骚扰攻击我之后，我就结束了花样滑冰，尽管我想念滑冰的日子，有时甚至会想得心疼。也许妈妈意识到了什么，我不知道，但在我十岁生日时得到了一双轮滑鞋。一开始，我总是把它和花样滑冰做比较。我觉得，它们不是一码事儿。我不得不随时小心碎石子和石头，而且轮滑鞋滑起来不像冰鞋那么轻松，没有那种飞起来的感觉。但过了一阵子，我开始喜欢起轮滑来。是自由吧！我不需要在一个冰场里一圈一圈地滑，我可以想去哪里就去哪里。我开始无论到哪儿都踩着轮滑鞋，去商店、去学校。爱因斯坦感到十分幸福，因为以前晚上我和它一起出去散步，大约十五分钟就结束了，而现在突然延长到两三个小时，我滑过柏油路面，它不知疲倦地跑在我身旁，舌头挂在嘴角外摇来摇去。

但这些我都不能讲啊。想想看，如果她和巴德的反应一样呢？笑，大笑，或者叫我娘炮。于是，我说道："哦……我也不太清楚。"

"哦，是吗。"朱诺说。

这个话题谈不下去了，最好还是问问她吧。

"那……你叫……你在斯卡布莱克居住很长时间了吗?"

"从我出生就在这儿。"

"那还是相当长的。"

"嗯,可以这么说。"

她看了我一眼,皱了下眉头。噢,不。我希望这不意味着她觉得我很奇怪。好吧,我最后的希望就是讲个小笑话,活跃一下气氛。让她笑起来。

"你听说过这个吗?'为什么你爸爸总是那么硬?''他是我继父[1]!'"

"什么?你爸爸?"

"不是,这是个笑话!你不明白吗,硬爸爸!"

朱诺没有笑。

"不过,你爸爸在哪儿呢?因为他不和你们住在一起,对吗?"

"不住一起……"

"并不是必须得有一个爸爸才行。一个人也可以有两个妈妈,我们班上就有一个人有两个妈妈。"

"我有一个爸爸。只是他不在这儿。"

"那他在哪儿呢?"

突然我听到我的嘴说道:"他在非洲……他在拯救濒危动物。"

---

[1] 继父:瑞典语中继父是组合词,由"硬"和"父亲"两个单词组成。

"噢，是吗？太有意思了！哪个国家？"

"什么？"

"对啊，非洲大着呢！非洲有五十五个国家。他在哪个国家工作？"

"哦……"

我疯狂地努力去回想各个非洲国家的名字。巴西？

"巴……"我刚开口，就赶紧停下来，因为我突然记起来，巴西在南美洲。

刚果？它应该在非洲吧？我还是有点儿不太肯定。南非！它必须在非洲吧？还是……

"南非。"

"巴－南非？"

"不是，不是。南非！只是南非。"

"啊哈！不错的工作。"朱诺说着站起来，"我们去游泳吗？"

"当然。"我说，我感到汗流浃背。不过我不知道是太阳的原因，还是我太紧张了。

为了不需要在沙滩上换衣服，我已经换好了泳裤。我转过身，背对着朱诺，脱下T恤衫。我小心翼翼地低头看了一眼胸部和肚子。这时，我发现了一件令人惊悚的事情！眼影带着闪粉！在外婆幽暗的卫生间里看不出来，但在阳光下这些眼影在我的肚皮上闪闪发光、熠熠生辉，就像晴朗无云的夜空中满天的繁星一样清晰夺目。见鬼！

"后下水的是臭鱼！"我高声喊着以我最快的速度冲向湖水。

我决定从一个游泳栈桥下水，这样我可以直接跳进水里，而不会在缓慢涉水的过程中浪费时间，让别人看到我的肚子和胸部。我避开几个小女孩，一只手抓紧太阳镜，然后扑通一下子跳进水里。刚一接触到水面，我就感觉我要死了，水太冷了！寒冷包裹住了整个身体。在七月的最后一天水怎么可以这么冷呢？我像一块石头一样沉向湖底。我想，游冬泳一定就是这种感觉，与此同时，我绝望地努力再次游到水面上来。在我游了几下以后，感觉好一些了，几分钟后，水让人感觉舒服起来。我看见朱诺朝我游过来，绿松石色的头发像个斗篷一样漂在她身后。

"见鬼，你可真够着急的。"她喘着粗气说。

"我只是等不及要下水了！"我撒谎道。

她笑了起来。

"你戴着墨镜游泳吗？"

"一贯如此。未来太耀眼，我得戴上墨镜！"我一边划水，一边气喘吁吁地说道。

这句话我听外婆说过一次。

"你真是个疯子，希格，你知道吗？"

可她说这句话时看上去很友善。

"哈，你也是个疯子。"

"我？"朱诺感到受到了侮辱，"我是这世上最正常的人。"

我朝她撩水，她也撩回来，然后，我们比赛看谁在划水二十次之后游得更远。她赢了，我觉得她以前肯定练习过。突然一只巨大的绿色充气鳄鱼滑过来，一个男人在栈桥上朝我们大喊，让我们抓住它。我们照做了，不过被迫追了那只鳄鱼至少五分钟，因为只要我们靠近它，就会有一股风再把它吹跑。最后，我终于成功地抓住了它的尾巴尖儿。我们带着鳄鱼往栈桥边游，这时，朱诺爬上了鳄鱼，要我推着她，我照做了，但是后来，我把她掀翻到水里，自己爬上了鳄鱼，逼着她推我。

我们把鳄鱼还回去之后，我建议我们来捡贝壳和漂亮的石头。朱诺说，她觉得这里没有，但我们还是潜到水下。我的太阳镜当然掉了下来，不过我在它沉入水底之前成功地抓住了它。我找啊，找啊，只找到一片绿色的碎玻璃，我把它捡起来，因为我不希望有人因为它划破脚。我感到自己挺不错的，能够考虑到别人的安全。

我回到水面上，一开始以为朱诺一直在附近的水域漂着，就像那种用呼吸管浮潜的人一样，因为她的头发像一把折扇似的散开在水里。但当我游到近前，我看到，那不是朱诺，那只是她的头发。我整个人都蒙了。这时，突然有个女孩冒出来，她长着一头稀疏的浅色头发，看上去几乎像是透明的。她眯着眼，嘴撇成一个愤怒的线条。她一把抓过绿松石色的头发，开始朝岸上游去。我后来意识到，她就是朱诺。有好一会儿，我只是站在原地，盯着她看，盯着她抓在手里的浓密的头发。头发在水里扭来扭去的，像一条蛇。

假发！朱诺戴假发。我以前从没想过。嗯，我当然知道，她不是生下来就有一头绿松石色的头发，但我以为她的头发是染的。

"朱诺！"我喊道。

我赶忙去追她，用我在水里能达到的最快速度。我感觉自己因为流沙在往下沉。她已经来到了岸上，步伐坚定地朝着毯子走去。

"朱诺！"

她把衣服套在游泳衣外，甚至都没用毛巾擦干。

"对你来说很有意思吧。"她生气地说，试着把假发重新戴上。

但头发乱七八糟的，乱蓬蓬地打成一绺一绺的朝各个方向散开。她又把它拿下来。

"什么？什么有意思？"

"你觉得呢？我没有头发！现在你可以打电话给你所有斯德哥尔摩的朋友，告诉他们你真是太晦气了，遇到了一个秃头的女孩。"

"我为什么要这么做？"

我其实可以跟她说，我根本没有什么斯德哥尔摩的朋友可以打电话联系，即使我有，我也绝不会打电话去说这些话的。

朱诺试着用手指整理头发。但她在颤抖，没办法整理好。她放弃了，又重新把假发戴在头上，但假发的位置不对，好像她的头都是歪的。

"为什么这个烂泳池连个镜子都没有！"朱诺说，我听到她声音中有一种令人不安的东西，脆弱的、易碎的，好像她就要哭出来了。

"等等，"我说，"我来帮你。"

我走到她面前，把头发摆弄正。然后我用手指梳理她的头发，分开了几绺缠在一起的发丝。最后我整理刘海，把几缕顽固的发丝拨到边上，这样头发就不会挡住她的眼睛了。

"好了，"我后退一步，"现在看起来又很漂亮了。"

我和朱诺对视。令我感到意外的是，她的眼里噙满了泪水。

"我要回家。"她抽泣着说，但与此同时，她并没有挪动半步。

"不，不要。"我说。

我蹲下来，拿出餐盒里的东西。

"来，吃一块饼干！看啊，还有果汁呢！"

我把果汁瓶子递到她面前，让她拿着，但她只是站在那里，垂着胳膊，难过地低头看着地面。我看到两行眼泪顺着脸颊滑落下来。

我快速打开了金光闪闪的蛋卷，拿出一根。然后我站起来，递到她面前。

"啧啧，它看上去可真好吃！啧啧，吃一口吧！"

我的声音听起来像妈妈哄波波吃东西时一样做作地欢快。最后，我把一根蛋卷塞到了她的嘴唇之间。她咬了一口，小片的棕色碎屑从衣服上滚下来。这给人感觉像一个胜利！

"太好了！看，你可以吃东西！"我说。她笑了，尽管是有点儿难过的苦笑。

我把剩下的蛋卷喂她吃完。她站在那里，湿漉漉的头发披在肩上。她把最后一小段吃掉之后，我递给她果汁，这时，她接过瓶子，喝了几口。她用手臂抹掉眼泪。

"哦，希格。"

"嗯？"她不再哭泣让我感到松了一口气。

"你的肚皮为什么是棕色的，还闪光？"

我低头看了一眼肚子。灾难！所有的肌肉都溶解掉了，变成了一大块棕色带闪的东西。"

"嗯，这个……有点儿难解释。"

"试试看。"

她在毯子上坐下来。我不知道为什么，可能是她刚刚哭过，也可能是我确实不想让她就这么骑车回家，或者是因为我看到了她不戴假发时的样子,但我真的都讲了出来。我几乎毫无保留地讲了出来。我想要肌肉,所以我就在那儿画上了肌肉。我想要受欢迎以及我为此制定的计划:学会跳舞,请人吃口香糖和请人抽烟;提问、讲笑话和讲述自己的事情。我还讲了自己进行过怎样的练习,还有我经历过哪些失败。

朱诺听完之后说,有些想法还是相当不错的,比如提问题、讲笑话和讲述自己的事情。

"不过刚才并不奏效,"我说,"在我尝试和你打交道时。"
她笑了。

"你原来是在做这个呀?哦,不,可能是因为我感觉太生硬了。就像你在演戏,只是在背台词一类的。你必须要更自我一些。"

嗯,我陷入了沉思。妈妈也这么说过。

然后朱诺给我讲了她的头发。她的头发一直都很稀疏,没有颜色。她的眉毛也看不到,还有睫毛。它们颜色太淡了。一个月前,她和父母一起去了一趟美国,在橱窗里看到了这个绿松石色的假发。从此以后,她每天都戴着这个假发。

"现在,我害怕它已经被毁了。"她伤心地说。

"肯定没有。并不是因为我是假发专家,但我的意思是,一点点水它应该还是不怕的。"

"是吗,你确定吗?"她低声说。

"百分百!"我说,"回家之后我们可以好好梳一梳它。我们出发之前……我能请你抽支'烟'吗?"

朱诺笑了,从盒子里拿出一根来。她把"香烟"放在嘴角叼着,"香烟"很快就垂了下去。它在太阳下化掉了。

"因为抽烟看起来太酷了。"朱诺笑着说,巧克力从她的下巴滑下来,弄得黏黏的一片。

一根烟花棒

晚上,我刚刚刷新了弹珠游戏机的纪录,正处在极度兴奋中,这时克里勒·蛋白酥和我联系了。在信息中,他问我近况如何,并且给我发来了两三张花园精灵的图片。在其中一张照片上,花园精灵站在柏林墙前,另外一张它被放在一座宏伟的有高塔和浅绿色带尖圆顶的老教堂前,那几个圆顶看起来有点儿像洋葱。克里勒说,教堂名叫柏林大教堂,非常有名。

我有一段时间没去想花园精灵了,我在忙其他事情。我感谢克里勒拍照片给我，但很犹豫要不要把这些照片上传到花园守护精灵的账号里去。我认识朱诺之后，这么做就觉得有点儿不太对。另一方面，我每天都在获得新的粉丝，很多人追着我要比尔博更多的动态，想知道它现在正在做什么。我喜欢点赞源源不断涌入的感觉。这让我觉得自己是被欣赏的，嗯，没错，几乎是受欢迎的。

我回复克里勒说，一切都很好，妈妈在工作，卡罗琳娜也没有再出逃。过了几分钟，我又得到了一个新信息。一个很长的信息。我阅读时，吓了一跳，因为他写的东西恰恰就是我刚刚思考的问题。受欢迎、被喜爱。好像他能读到我的想法一样。

他这样写道：我思考了你曾经说的话，就是我们从商店回来时说的那些话。你说，你想要受欢迎，让别人喜欢你。你还记得吗？很抱歉，我现在要说一些与我无关的话，但我此后一直在思考这个问题。为什么这对我来说没有那么重要，而对你来说却似乎特别重要。我当然和你处在不同的人生阶段和境况中。我六十六岁，而你呢，我不知道？十二岁？我没有孩子。（我必须承认：在你们搬进沙洛特家之前，我几乎没有和孩子交谈或者相处过！嗯，至少从我自己长大之后就没有了。）所以，也许我很难明白你生活中正在做怎样的挣扎。可是，对于"受欢迎"来说，什么才是重要的？如果我说错了，你就纠正我，但难道不是一个人想要交到朋友吗？单纯只是受欢迎并不意味着一个人有朋友，那种可以信赖和交谈的朋友。我没有多少朋友，我从来都没有过。但我有沙洛特。这对我来说应该比受欢迎更重要。

我的心中火花四溅，像什么东西做成的烟花棒被点燃了，也许是希望的烟花棒？如果我有朱诺，如果现在的情况是，她正在成为我的朋友的路上，也许愿意继续下去。这难道不比和碧昂丝一样受欢迎更重要吗？是啊，一定应该是这样的吧？我希望朱诺愿意成为我的朋友。我真的、真的特别希望。我打开笔记本写道：对于受欢迎来说，什么才是重要的？实质上？难道不是一个人想要交到朋友吗？那种可以信赖和交谈的朋友？

我决定不上传精灵在柏林的照片。粉丝想说什么就说什么吧！

剩余 20 天
像粉红色的棉花糖一样

朱诺第二天发来信息,询问我是否愿意到她家喝她亲手制作的冰茶,这时,我立刻回复:天啊!太好了!!!!!我带上五个感叹号,十个不同的派对表情符号和一个头戴皇冠跳舞的仓鼠的动图以及一条粉红色的毛茸茸的蟒蛇图。然后,我开始感到肚子疼,我后悔了,觉得我应该等一下再回复,而且我应该回复得更酷一些,例如:好吧,什么时间?或者至少更正常一些,例如:好呀,听起来不错!但我的肚子不需要疼多久,不到一分钟朱诺就回复了一个动图,图上是一个

高兴得大吼大叫四处奔跑的小人。

朱诺家一切都那么不一样。从我踏进大门的那一刻起我就注意到了。父母彬彬有礼,而且不怎么说话。他们打过招呼,就消失到某处不见了,我没看到他们去了哪里。所有的房间都是相同的色调:杏色、白色和原木色,他们家摆放的东西也很少。墙壁上挂着一些特别漂亮的人的黑白照片,窗台上一排排整齐地摆放着盆花。所有的盆花都是渐变的绿色,从像夏天的嫩草一样的浅绿色到松针一样的深绿色,但没有一朵花。

朱诺打开橱柜,拿出一对玻璃杯来盛放冰茶,这时我看到,所有的盘子、碗和杯子都是纯白色的!所有的!而且玻璃杯被摆放成笔直的一行。我妈妈当然也很整洁,但这种整齐程度在我们斯德哥尔摩的家中也从未见过。在外婆家,几乎就找不出两个相似的盘子。它们五颜六色的:粉色带花的、蓝色斑点的、薄荷绿镶金边的……没有一个白色的。我觉得,这些都是她在跳蚤市场买的。

我们来到楼上朱诺的房间,坐在地板上那块毛茸茸的白色地毯上。朱诺把裙摆拉平放在腿上,这样就不会起皱了。我环顾四周,白色的书桌、杏色的床罩、杏色的窗帘。唯一打破这一切的是床上一个樱桃粉色的靠垫。当然,还有朱诺的头发。在这一片白色中,她的头发看起来几乎自带光芒。

她递给我冰茶,我们干杯,然后喝了一口。冰茶是甜的,有点儿桃子味儿，也许还有点儿柠檬味儿。

"欤，"她说，"你为什么总是戴着墨镜？"

我嘴边有一百种回答：因为我太酷了。因为狗仔队总是追着我，他们的闪光灯太刺眼了。因为我致命的眼疾，眼睛不能见强光。

但是，以上答案我一个都没说，我沉默地坐了一会儿。透过黑漆漆的镜片看着她，思考着克里勒·蛋白酥说的话。重要的是要信赖一个人，能够和他交谈。我已经把很多东西都讲给她听了，但是我可以信赖她吗？有什么可以保证她以后不会把我扔进"狼群"，就像以前瓦尔特那样？我保证不了这一点，但她的确也讲了一些东西给我听，表现过她的难过。我决定大胆相信她。

于是，我摘下太阳镜，看着她的双眼。

"因为我斜视。你知道的，我的一只眼睛会看向鼻子。"

我几乎不敢呼吸，我害怕她下面要说的话，害怕她会笑我，叫我斜眼儿。

她站起来，向前走了一步，在我面前蹲下来，紧紧盯着我的眼睛看。我被迫去看她的眼睛。那双眸子清澈明亮，颜色介于灰色和蓝色之间。

"是吗？"她说。

"是的。"我说。

"好吧，嗯，现在我看出一点儿来了。"她说，"是这只眼睛，对吗？"

朱诺指着我的左眼。

"对，没错。"

她又坐了下来。

"啊哈。"

我等待她下面要说的话，她的反应，但是都没有。她只是友善地笑了笑，喝了一口自己的冰茶。

"所以，这就是为什么我戴着太阳镜。因为……我不想别人看出来。"

我的脸颊滚烫。我很羞愧。

"太可惜了。你有一双那么漂亮的眼睛。"

我笑出了声。

"哈哈，我妈妈经常这么说。"

"没有办法可以让斜视消失吗？"朱诺问，然后她又补充道，"哦，我的意思是，因为你觉得这让你难受。"

"我三岁的时候这只眼睛做过手术，然后，我小时候用一个眼罩用来挡住另外一只眼。这应该让斜视情况有所缓解，不过不能让它完全消失。斜视戴上眼镜的话就基本上看不出来了，但是我不想戴眼镜。"

她不理解地皱了皱眉。

"为什么呢？"

"因为……因为我戴上眼镜看起来像个窝囊废。"

"我不觉得啊！"她摇了摇头说。

"哦，相信我。"我说。

这时，朱诺跳起来，跑到我身后的衣柜前。她打开衣柜门，我看到连衣裙、衬衫在衣架上挂成整整齐齐的一排。她拉出一个木抽屉，把整个抽屉都拿了出来，把它拿到我身边，放在我面前的地板上。

"看这儿。"她说。

抽屉里有四副眼镜，仔仔细细地摆放在酒红色天鹅绒布上。我伸出食指，小心翼翼地摸了摸它们：一副带金边的飞行员眼镜；一副近乎四方形的黑色塑料框眼镜；一副圆圆的，和哈利·波特戴的眼镜一模一样；最后一副眼镜的边框是黑色的，但是镜腿在耳朵后面的部分变得宽了一些，有三条细长的条纹，条纹分别是粉色、酒红色和黑色的，一个小小的圆形金色标志在边框上闪闪发光。

"你为什么有四副眼镜？"我问。

"因为我喜欢眼镜。戴眼镜能让人看上去特别聪明，而且特别酷。如果太阳镜让你看上去很酷的话，那为什么眼镜不行呢？它们是同一种东西呀，只是眼镜稍微透明了一些。以前我每天都戴着眼镜！"

"可是，你并不近视？你视力有什么问题吗？"

"没有，没有！我的视力好得像只鹰！这些眼镜没有度数，只是普通玻璃。"

我笑了起来。

"所以说,你根本不需要眼镜?"

"不需要!我只是觉得戴着眼镜好看。你应该试试看!"

她拿起那副"哈利·波特眼镜",用衣服的袖子擦了擦镜片,给我戴上时,差点儿戳到我一只眼睛。

"哎呀,最好还是你自己戴吧,否则你就要成独眼龙了!那边有个镜子。"

她指着墙,我站起来在镜子前左转转、右转转。我必须承认,眼镜和眼镜之间区别挺大的,戴上之后,我本人最喜欢那副黑框配条纹镜腿的眼镜。朱诺用手机给我拍了几张照片,我觉得,我生平第一次感到自己还挺帅的!真正的帅气!我整个下午都戴着这副眼镜——我们为了自己做冰激凌步行去超市买冰冻蓝莓;我们玩儿飞行棋,对了,我赢了;我们在院子里吃冰激凌;我们看着朱诺的爸爸用一把大剪刀仔细地修剪花坛旁的草坪。时时刻刻我都戴着眼镜。

我感觉,和朱诺在一起我很平静,不需要防备。她从不伺机说恶意的话,如果我做了奇怪的事情或者笑得不是时候,她也不会嘲笑我,就连我跟她讲花样滑冰她也没有嘲笑我。

突然我听见一个声音刺破了宁静。

"希格,希格,希格!"

是玛伊肯和浣熊男孩骑着车来找我。他们在院子外的路上骑着波波的红色三轮车。浣熊男孩穿着他的浣熊服坐在后面的平板上,虽然玛伊肯疯狂地蹬着脚踏板,但他们还是像蜗牛一样向前挪动。

"吃饭了,希格!外婆做了特别烂的薄煎饼。"

妈妈一定在工作,因为是外婆做的饭。破损的薄煎饼,粘成一团的薄煎饼,无论如何对外婆来说都是向前迈了相当大的一步。妈妈不在家的最初几个晚上,我们主要吃的是罐装蔷薇果汤、西红柿汤,还有那种塑料罐装的豌豆汤。如果不是玛伊肯抱怨她走路的时候肚子里的水哗啦哗啦响,我们估计还会继续吃这些东西。

"好,我马上来。"我说。

"哎呀,好圆的树丛啊。"玛伊肯转了一个小弯,看到了朱诺家的院子。

三轮车很小,她蹬车时膝盖都快磕到脸了。

"我觉得,我从没见过这么圆的树丛。"

然后她掉过头往回骑。他们缓慢地离开了,浣熊男孩从平板上看着我,每走十厘米就看一眼。

"好吧,"我说,"我现在得走了。"

"我明白,"朱诺说,"但也许我们可以明天见?"

她说这话时,我心里暖暖的。那么轻飘飘的、那么毛茸茸痒痒的,就像粉红色的棉花糖。

"好!"我说,"好啊!"

我挥挥手告别。过了十分钟，我想起来我还戴着她的眼镜，于是又跑回来。朱诺还坐在我离开时坐的那把椅子上。

"我忘了把这个还给你了。"

我把眼镜递给她。她拒绝地挥了下手。

"你喜欢的话就拿着吧。"

"啊？你确定吗？可……眼镜是你的呀。"

"如果你喜欢它，就送给你了。我现在不用了，它会卡住我的假发。"

"噢，谢谢朱诺，非常非常感谢。"

"没事的。"

"不，有事的，"我想，"对我来说是大事。"

剩余 19 天
只是佰利耶,笨蛋

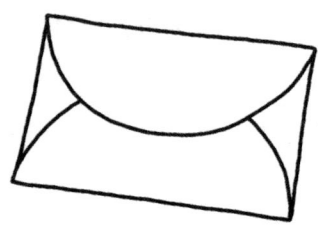

我刚刚采了一小把蒲公英叶子,正要把它们放进卡罗琳娜的食盆里,这时玛伊肯跑了过来,手里挥舞着白色的东西。爱因斯坦跟在后面,高兴地一蹦一跳。

"信,信,我们收到信了!"

"什么信?"

"来自莫斯考普学校的!"

"学校不叫这个名字。"

"慕斯陶普学校?"玛伊肯说。

"莫斯陶普学校。"

信,来自学校的信。剩下的时间不多了——整整十九天。一想到开学,我就感觉肚子里的肠子像一条蛇似的拧成一团。爱因斯坦趴在我脚上,用鼻子顶了顶我的手,示意我抚摸它。我挠它的耳朵后面,但它不满足,顶我,不停地顶我的手。像以前一样,我无数次想要和它互换身份,要求被抚摸,就会被抚摸。不需要去想学校,不需要焦虑。不过很显然,那样我就不能和朱诺做朋友了。

玛伊肯把其中一封信递给我,撕开了她自己的那一封。

"哇,看哪,班级名单!"

她用食指一个一个地指着上面的名字,直到名单中间,这时,她高兴地叫了起来。

"尼尔斯和我一个班!"

"谁是尼尔斯?"我问。

"哎呀,你知道的呀!尼瑟!"

她指着隔壁浣熊男孩居住的房子说。

"啊哈。"

所以他叫尼尔斯。一个念头冲进脑海!朱诺,想想看,要是我能和朱诺一个班该多幸运啊!我撕开信封,找到一张欢迎信,然后看到班级名单。我一个名字接一个名字念,从开始到最后,但是那上面没有朱诺·特兰德。我又读了一遍,也许我漏掉了呢。但是没有,纸上没有她的名字。我紧紧闭上眼睛。见鬼,为什么我总是那么不走运!我受不了了!玛伊肯还在唠唠叨叨一遍又一遍地重复着欢迎信的内容。

"玛伊肯·怀尔德,诚……诚挚地欢迎你在八月二十日来到莫斯陶普学校!我在 2B 班,希格。我的老师名叫伯、伯……伯利耶。"

"他真的叫伯伯伯利耶吗?"

"只是伯利耶,笨蛋。"

"他真的叫:只是—伯利耶—笨蛋吗?这么长的名字。"

玛伊肯恼火地看了我一眼,好像她的眼里要喷出两道激光来。

"你真坏,希格!坏透了!"

然后她就跑进屋去了。

没错,我确实坏极了。但玛伊肯总是有狗屎运!总是能得到她想要的!从来都没有事情能如我所愿!

就在卡罗琳娜慢慢地走向蒲公英叶子时,我把欢迎信撕成了很小、很小的碎片。然后,我把它们扔向空中。我以为它们会随风飘散,但是它们却像雪片一样落在我身上。爱因斯坦跳到空中去咬纸片。对它而言,一切皆游戏。

剩余 17 天
Bonjour 和 AufWiedersehen

朱诺冲进门来,她身穿黑色带粉色花朵的裙子,绿松石色的假发编成一个发辫搭在肩上。因为我正蹲在大厅系鞋带,她差点儿撞到我。

"那个魔鬼又寄来一张明信片!"

"什么魔鬼?"我问。

"我没跟你说过吗?我真不明白我怎么会没说过?有个人偷走了我的花园精灵!而且……而且那个小偷从不同的城市给我寄明信片!最开始是巴黎,今天我去取信件,又有一张从柏林寄来的!"

见鬼!明信片!我请克里勒·蛋白酥帮我寄的。我没想到它们!自从我决定不再往花园守护精灵的账户里上传新的图片之后,我就把花园精灵的事情忘得一干二净了。

她在我鼻子前挥舞着一张明信片。我抓住她的手腕,想要看清楚一些。明信片上有一个留小胡子的男人,穿着条纹上衣,头戴贝雷帽,腋下夹着一根法棍面包,骑自行车穿梭在车水马龙的大街上。

"这张最先来的。"

她翻过来明信片,让我看上面写的字。克里勒·蛋白酥用蓝色墨水写的漂亮的花体字:

Bon Jour[1]!巴黎值得我所有的期待。美食、红酒和人!我感觉,我在这里能够更清晰地思考。Je ne regrette rien. Au revoir! / 比尔博

"这是什么意思?"我无辜地问。

"我查过。这个……"

她指着 Je ne regrette rien。

"……意思是'我一点儿都不后悔'。然后 Au revoir 意思是'再见',我猜……哦,不对,'再会'。看这个,这个今天来的。"

她拿给我另外一张明信片,上面有一座银色高塔,中间

---

[1] Bon Jour:法语"你好"的意思。

有一个闪闪发光的大圆球。塔下面写着"柏林电视塔"。我翻过明信片读道：

"Guten tag[1]！很高兴告诉你，我昨晚已经到柏林了。今天我参观了柏林墙和电视塔（您可以在这张明信片正面看到），因此了解了城市的历史。此外我还刚刚吃完一顿丰盛的晚餐：德国香肠、德国泡菜和马铃薯沙拉！我必须承认，我还喝了一点儿生啤。但这是一个花园精灵应该可以享受的吧？Auf Wiedersehen！／比尔博

"这是什么意思？我说，"Auf Wiedersehen？"

"我上网搜一下。"朱诺说着拿出手机，开始打字。

我紧张地咬着下嘴唇。我通过布莱克新闻当然知道朱诺对精灵的消失非常愤怒，但我还是没想到，她对这件事如此介意。

"意思是'再会'。"朱诺说。

"但这似乎应该是好事吧？"我试着说，"现在它写了两封信，这就意味着它打算回来啊。"

"谁啊？"

"精灵！"

"你说的就像精灵自己出门去了一样！我必须报警，这就是证据。有人绑架了精灵，把它带出了国。"

我把明信片还给她，她把它塞进印有猫咪坐火箭图案的

---

[1] Guten tag：德语"你好"的意思。

包里。

"可是警察……是不是有其他的事情要做?"

"这就是盗窃!是绑架!"

她谈论起警察,老实说这让我有一点点紧张。

"不过,你难道不应该在精灵被盗的时候报警吗?现在已经过去一个多月了?"

"是啊,我想报警来着,但爸爸觉得没必要。"朱诺说。

她垂下眼帘,看起来很难过,我觉得她好可怜。我感觉自己特别差劲!

然后,她抬起头,眉间有一道很明显的皱纹。

"可你怎么知道精灵丢失了多久呢?"

就像一条岩浆带突然流过身体。惊慌!

"不是,你刚刚说过的呀。"我撒谎说,"就在你刚进门的时候。"

"我说过吗?哦,我脑子里面一团乱。"

她坐在椅子上,额头埋在手掌里。

"对了,今天家里好安静啊。"她说着朝四周看了看,"大家都去哪儿了?"

"妈妈带着玛伊肯和波波进城了。她们要去买上学和上幼儿园穿的衣服。外婆带着爱因斯坦去参加汽车聚会活动了。它喜欢坐在雪佛兰护卫舰的副驾驶座位上,把头探出去,舌头被风吹得来回摇摆,就像动画片里的狗一样。"

我滔滔不绝地说个不停，希望她能想点儿其他事情。

"我太生气了。"朱诺说着把辫子拽开。

我沉默地站了一会儿。

"不好意思，我能问个问题吗？"然后我说，"可你为什么那么在乎那个精灵呢？你们可以再买一个新的呀？是不是？"

"可是，这应该不是一回事儿！"朱诺激动地说。

"噢，当然不是，但……"

"最开始，当它刚刚消失时，我怀疑是妈妈干的。因为她有一次说，她想把它扔掉。她觉得它和我们的院子不配。在她看来，一切都应该绝对完美。爸爸也这么想。但我拒绝！花园精灵应该是我们家唯一亮色的东西！嗯，曾经唯一亮色的东西。我不想生活那个样子！杏色、白色……狗屎。我想要你们家这样！"

她伸出手臂一挥，我们两个都看向四周。楼梯旁站着斑马，它头上戴着黄色的太阳帽，身上穿着外婆的血红色的外衣，就像背上披了一件超人的披风。波波的玩具散乱在地板的各个角落，还有外婆的工具。哦，还有玛伊肯和浣熊男孩的新报纸（一张关于鸟的幽默集锦）已经将客厅搞得一团糟，一摞一摞高高低低摆在那里。"不可以动，否则你就会成为'死亡的羔羊'"玛伊肯警告我。更不要说一大堆的鞋子，令人们在客厅几乎每走一步都会被绊倒。

"哦,我不认为你想要这样的……"

朱诺打断我。

"你不明白,希格!从我很小的时候,我就一直想要兄弟姐妹,或者至少要个宠物,但我得到了吗?没有,我什么都没得到!但这时,爸爸的一个朋友送了那个精灵给他当生日礼物。我记得,我那时候四岁吧,或者五岁。从此以后,我开始假装它是我弟弟。我逼着爸爸把儿童椅从阁楼里拿下来,于是我们吃饭时,汤姆就坐在儿童椅上。它甚至还有自己的盘子。我推着婴儿车带它到处走,还有很多很多!"

她笑了,尴尬地看着我。

"很蠢,是不是?"

"没有啊,我不觉得。"

如果我此前已经感觉自己很糟糕了,那现在这种感觉就更强烈了。痛苦和焦虑聚集成团,堵在心里难受。

"不管怎么说吧,后来出现了一个照片墙账户,花园守护精灵。这个蠢货在那里上传了精灵的图片。那时,我明白,有人把它偷走了,不是妈妈干的。噢,希格,想想看,汤姆·特兰德永远都回不来了怎么办?"

各种想法像弹珠球一样在我头脑中冲撞。我真的很想找回昨天我们在一起时那种快乐、美好的气氛。首先,我必须要让克里勒·蛋白酥停止以精灵的名义寄明信片。然后,等克里勒回家之后,我要在某个深夜,偷偷溜到朱诺的家,把花园精灵重新放回花坛上。

"你要帮我找到小偷。"朱诺说。

"绝对没问题,我当然会帮你。"我夸张地拼命点头说。

"现在,我给精灵的照片墙账户写一个留言。"朱诺说完又拿起手机来。

我听见快速按键的声音。她一边写,一边大声朗读出来。

"如果……你……三天内……不……归还……精灵,我……就……报警。好了!发送!"

我立刻感到口袋里一阵蜂鸣振动。好在朱诺没有注意到。

"你会那么做吗?报警?"我紧张地问。

"我要等等看,才能决定下一步怎么做。因为能让他有点儿害怕还是好的。我说的是小偷。"

我已经害怕了。不是因为警察,是我怕一切都毁掉。怕她知道我都做了些什么。她仍然盯着手机。这时我赶紧趁机拿出我的手机,给克里勒写了一条信息:立刻停止以精灵名义寄明信片,出问题了。我把手机揣进口袋,看着朱诺。

"不管怎么说,小偷没有在花园守护精灵账户里再放新图片了。"她稍后说。

我的手机响了一下,我赶紧查看。克里勒写道:亲爱的希格,我必须遗憾地告知你,来不及了。我已经从伦敦寄出一张了。

我摸了摸手腕。脉搏一定有一百八。

"我们现在做什么呢?"朱诺闷闷不乐地说。

我拼命运转我的大脑。厨房里的钟响了,高声演奏起了大本钟的旋律。朱诺迷茫地左看看、右看看。

"是什么?"

"我们家的钟。"我说。

"啊哈。"

"我们要不要出去跟卡罗琳娜打个招呼?"我急切地说,"它见到你应该会很高兴的。"

我想要把她从这栋房子里带出去,这里有太多的证据了。和花园精灵一起开派对的水貂、它水疗时用的黄色浴盆、波波的娃娃床。我必须记住在她下次来访之前把这些东西都藏起来。

"你觉得会吗?"朱诺说。她的声音充满了期待。

"当然!塔赞和弗拉瑟也会高兴的,它们是两只豚鼠。"

朱诺打开大门,转过身看着我,与我四目相对。

"你们家还有豚鼠?这我不知道!希格,你的生活简直就是所有人梦想的生活!"

"哦,是吗。这可能取决于你怎么看这个问题吧。"

剩余 16 天
要多酷有多酷

我和妈妈一起乘公交车来到北雪平城里。我们要去一家眼镜店检查视力,给我开学买一些新衣服,然后我们还要去咖啡馆坐坐。

玛伊肯和波波去斯德哥尔摩和斯维德里克一起住几天。从我们搬走后,这是他破天荒第一次开车来接她们,这让外婆忍不住高呼"哈利路亚"来赞美上帝。她甚至要在天花板上画个十字,但是就在她刚刚爬上凳子时,妈妈把水笔从她手里抢了过来。

因为外婆没办法保持一副扑克脸,所以妈妈决定斯维德里克来的时候,外婆最好还是开着她的雪佛兰出去兜一圈。斯维德里克带着玛伊肯和波波走之前要进来喝杯咖啡,妈妈希望这是一次愉快的见面。尽管外婆一根接一根地连着抽了好几根烟(她只有在特别激动或气愤的时候才会这么做),而且恼火地说,她被人从自己家赶出去了。但她还是听话地坐上雪佛兰,狠狠地踩下油门开走了,车胎摩擦地面发出一阵怒吼。

与斯维德里克见面其实非常有意思。我在见到他和他毛茸茸的胡须之前从没意识到,我竟然会那么想他。他说,他希望我以后也愿意跟着一起到斯德哥尔摩去,当我说我愿意的时候,他咧开嘴笑得很开心,所有的牙齿都露了出来,他给了我一个紧紧的拥抱,弄得我几乎喘不过气来。

能够单独和妈妈在一起一整天给人感觉是一件奢侈的事情,因为几乎从没有过。她的胳膊搂着我的肩,急不可待地谈论着新的运动鞋和牛仔裤,她问我想在北雪平最经典的哈尔瓦冰激凌店吃冰激凌,还是更想去咖啡厅吃块蛋糕?她笑声不断,指给我看她十多岁时经常去的地方,一个名叫"克里奥萨"的咖啡馆,她和她的同学每天放学后都会去那里喝一杯咖啡,待上几个小时;一个名叫"头发博士"的理发店,她总是去那里剪头发;一个卖难看的花盆、灯具和窗帘的商店,她周末在那里打零工。

我们首先来到斑马眼镜店，见到了一个男人，他自我介绍名叫金姆，看上去有点儿像卡尔·菲利普王子[1]。他戴着一副厚厚的黑塑料边框眼镜，穿着黑色polo衫。我遇到的所有配镜师都戴眼镜。我想知道这是不是强制性的？

金姆走在前面，下了旋转楼梯，引我们走进一间检查室。

我坐在一个可升降的椅子上，金姆关上灯，请我读那个挂在几米以外发亮的白板上的字母。

"你能看到最下面的字母吗？"金姆问。

"可以……我觉得可以。B、K、V、A和……嗯……也许是C？"

"好极了。"金姆鼓励地说。

这种检查我以前做过上百次，因为我从一岁半就开始戴眼镜了。但是我小时候看的是另外一种图案。白板上不是不同的字母，这还是很走运的，因为那时候我并不认识字母。那张图片是由一行一行的"E"组成的，不过E的开口方向不同，有朝左开口的，有朝右开口的，有开口向下的，还有的E像平躺一样开口向上的。

我通过向各个方向扭动我的手来展示我能看见什么，用手指来表示E的开口方向。妈妈曾经跟我说过，我对待这项任务总是特别认真。顶着一头任性的棕色头发坐在那里，为

---

[1] 卡尔·菲利普王子：瑞典的一位王子。

了表达自己看到了什么,我快要把手腕都扭断了。但我从不和配镜师说话。不管他多么开心地和我打招呼,我也只是恼火地瞪回去。但妈妈认为,这当然没什么奇怪的。对我来说,以前因为眼睛、眼罩和斜视手术经历的眼睛检查和治疗次数太多了,她确实能理解我的愤怒,我是不可能直接跑进去,笑着跳到椅子上坐好的。

在检查过程中,金姆说我的视力比以前好了!虽然只是一点点,但还是有所改善。

"你觉得你的旧眼镜戴着还好吗?"他把眼镜从桌子上拿起来问。

他继续说道:"如果你喜欢原来的镜架,我们可以只换镜片。"

他把难看的杏色镜腿打开,把眼镜给我戴上,用食指按压了一下,使眼镜能压在我的鼻子上。我直接摘了下来。

妈妈清了清嗓子说:"嗯,其实吧,老实说,希格不喜欢戴眼镜。所以他多数情况下都不戴眼镜。"

"那你不会头疼吗?"金姆问。

"不会,没什么问题。"我说。

"我只是在想,看不清楚一定有很多麻烦吧。"妈妈说。

"对,我当然建议你使用眼镜。"金姆说。

这时,我拿出我的钱包,从里面掏出所有我攒的钱。零花钱,修补狼獾弗朗茨·猎手和其他所有标本动物后外婆给的钱,回收易拉罐挣到的钱。总共一千五百七十四克朗。我把钱包里装硬币的小袋子翻了过来,保证拿出里面的每一枚一克朗硬币,它们哗啦啦地落在桌子上。

"好啦!我攒了一些钱,我想要用这些钱买隐形眼镜。"

妈妈吃惊地看着纸币和硬币,然后又盯着我看。

"可是希格!"她说,"你从哪儿攒了这么多钱?"

"我工作来着,"我耸了耸肩说,"然后还有零花钱呀。"

大家沉默了一会儿。金姆看着这些钱,然后看看妈妈,又看看我。妈妈站起来,来到桌子前,拿起一张百元钞票,又把它放下。

"可是亲爱的,"她最后说,"你不应该用自己的钱来买隐形眼镜!"

"噢,可你以前那么穷,"我说,"没有工作,哦,现在……我的意思是,尽管你在工作了……可我知道,你说过,作为护师赚不到多少钱的。"

妈妈的脸颊染上了红色,我不知道,也许这种事情不应该大声说出来。

"而且我不想看上去像个斜眼的傻瓜,我也不想自己像个小黄人。"我补充说。

"很抱歉,"妈妈看了金姆一眼说,"我们能不能单独谈谈?"

"当然。"金姆说完匆忙离开了房间。

他关门之前探进头来说道:"不着急,你们聊,需要多少时间都可以。"

妈妈在金姆的椅子上坐下来,难过地看着我。她说,她很难过,因为我为钱感到担忧。她不想我这样的,这是她的责任,作为妈妈的责任。而且配眼镜我们可以得到补助金,隐形眼镜可能会贵一点儿,但如果我觉得,我确实需要一副,那我们也是可以买的。她说,她一定可以找外婆先借一点儿钱。然后,她小心翼翼地把纸币一张一张地拿起来,收拢成一小沓,仔细地放进我的钱包里,然后她又收起硬币。

"给,希格,"她说,"这是你的钱。你可以用这些钱去买你真正想要的东西。"

她把钱包递给我。我不想接过来,但她坚持。最后,她把钱包放进我帽衫的口袋里。

过了一会儿,金姆小心翼翼地从门口往里面看,这时,妈妈请他把新的眼镜镜框和隐形眼镜都拿出来看一下。金姆觉得,这听起来不错。他说,即使戴隐形眼镜的话,也需要有一副备用的眼镜,万一感冒或者眼睛发炎需要休息,都需要普通眼镜。他问我是否知道自己想要哪种镜架?

"我已经有一副想要的镜架了。"我说着从背包里拿出朱诺的眼镜,把它递给金姆。我为了保险起见把它也带上了,万一规定十二岁的孩子不能戴隐形眼镜或者有其他什么问题呢。

"哇，"金姆说，"这副镜架可真是个好东西，名牌镜架。"

"你从哪儿弄来的？"妈妈问，但是她的话被金姆打断了。

"这样的话你们当然可以省掉一大笔钱。通常来说，镜架要比镜片贵很多。"

他看着长长舒了一口气的妈妈。

"你们可以选择要超薄镜片，这种不会把眼睛放大太多。你戴着它就会要多酷有多酷。"

我真希望金姆说的是对的，我如果能够要多酷有多酷就好了。

结束后，我们缓缓地沿着南步行林荫路朝哈尔瓦冰激凌店走去。太阳高照，尽管天气并不暖和，但我们决定坐在室外。妈妈要了盒装冰激凌，我要了冰激凌球。我选择了拐杖糖、奶油焦糖和芒果雪芭三个味道，拿到了三个巨大的冰激凌球，不过它们还是没有用外公的雪球挖勺挖出来的球那么大。

"希格，"妈妈用纸巾擦了擦嘴说，"我不想你那么说你自己，就像在眼镜店里那样。你不是一个斜眼傻瓜，你有全瑞典最美的一双眼睛，而且你是我认识的人里面最聪明的。"

"那好吧。"我说。

我看着妈妈，她穿着一身牛仔服坐在那里，阳光照在她的脸上，她眯着眼睛看着我。纸巾几乎擦掉了她所有的口红，她现在看起来又像她本人了。

"想想看，有别人也这么说我呢。"我嘀咕道。

一开始，我以为妈妈没听见我说的话，因为她过了一会儿才回应。然后，有什么东西在她目光中点燃了，当她回答时，她几乎是在低吼："那我就一拳打到他们的下巴上，然后把他们关进地下室，永远都不放出来。"

我笑了起来，因为她的反应太出乎意料了。一开始，妈妈看起来很吃惊，然后她也笑了起来。我们沉默了一小会儿。

"希格，你对开学感到紧张吗？"她问道。

"嗯。"

我叹了口气，低头看着冰激凌。

"你最紧张的是什么？"

"同学们不友好，没有人愿意和我在一起。"

"可你有朱诺啊！"

"她和我都不在一个班！"

"你怎么知道的？还是有机会的。"

这时，我把一切都讲给她听，信，还有班级名单。妈妈觉得，我把所有的东西都撕掉而且什么都不告诉她不太好，虽然她能明白我很失望。她把手放在我手上，紧紧地盯住我的眼睛，好像她想要把我催眠一样。

"希格，会好的。"

她的声音平静、果断。我愿意相信她。我真的很愿意相信她是对的。但其实她不可能知道的。

剩余 14 天
对音乐感兴趣的暹罗猫寻找有幽默感的马

到目前为止,我这辈子和任何人的交谈都没有像和朱诺那么好过,而且还不止如此,我们可以从早晨见面的第一秒开始一刻不停地说到晚上分开。我可以把一切都讲给她听:我的想法、我的感受和我喜欢做什么。我给她讲斯维德里克和足球,讲我以前的学校和我如何感到被排挤。我可以告诉她,我为妈妈没钱担心,承认我对玛伊肯满心嫉妒,我经常认真地思考如果波波一辈子除了"嗨嗨"和"黄瓜"以外学不会说其他话怎么办。

我唯一没讲的就是关于我爸爸的事实。他没有在"巴-南非"拯救濒危的野生动物，他只是毫无希望地在澳大利亚混日子，根本不去照顾自己的儿子。当然了，花园精灵的事情我也一句都没提。

朱诺也讲了很多。关于她的父母，她觉得他们工作太忙了，还有她的记者计划以及她为自己又细又软的婴儿似的头发感到羞耻。

我给她看"麻雀之箭"，给她讲外公，告诉她我的梦想就是成为像他一样的发明家。朱诺并不觉得这有什么奇怪或者愚蠢的地方，与之相反，她对此很感兴趣，而且我们一起想出来一个绝妙的想法，建立一个新的手机应用程序。建立这个应用的初衷是，那些真的想要宠物却因为各种各样的原因没能养到的人（就像朱诺）能够和那些有宠物需要帮助的人之间建立联系。例如，每周有几个下午帮忙遛狗，或者在主人出去度假的时候帮忙照顾一下小兔子一类的。应用程序可以命名为"有趣的兔子"或者"快乐的小狗"或者也许可以有个一语双关的名字，"幸运[1]与动物"，一方面的意思是说有幸与动物为伴，或者也可以解释为，带着动物出去走一圈，散散步，很幸福。

我们还想到，应用程序应该为动物创造彼此见面的机会！这个想法来源于我们对卡罗琳娜是不是因为太孤独才会

---

[1] 幸运：瑞典语中"幸运"和"短途旅行"是一个词

逃走的思考。它虽然有两只豚鼠、一条狗和我们家中所有的人做伴，但它也许想要一个和它更像的动物？有着共同兴趣爱好的动物？

在笔记本上，我们一边笑一边写下这个应用程序应该什么样：

一根喜欢甜筒和花样滑冰的孤独树枝，寻找志同道合的树枝，一起在有热带鱼缸的家中共度宁静的夜晚。

或者：

我是一只快乐的仓鼠，喜爱啃胡萝卜和在转轮里奔跑，在我最好的年纪，寻求遇到一只可以一起探讨饮食和运动的豚鼠。

或者也许也可以这样：

你好啊！对音乐感兴趣的四岁长毛暹罗猫，寻求一匹令人愉快的、幽默的马，可以一同出行，在太阳下漫步。如果你对老鼠感兴趣，那我会优先考虑你哦。

也许这个应用程序也能帮助到那些想要找到朋友的孤独的人？比如像我一样的人？哦，不对，像曾经的我那样的人。

我们研究了一下制作一个应用程序需要些什么，而且研究了一下也许我们可以去参加一个学习班。

日子过得飞快，比我以前生命中任何时候都快。我们一起骑自行车、滑轮滑，一起带着爱因斯坦出去遛弯，我们还一起去茂恩湖游泳。此外，我还跟着朱诺去完成她布莱克新闻的任务，她报道了一只卡在树上的猫和一家推出三种新品的比萨饼店。当一位丢失了助行车[1]的女士需要被采访时，她让我出镜了！一切都完美极了！有时我甚至会忘掉面对开学的不安，不过只是几乎忘掉。马上就要开学了。

唯一令我寝食难安的就是花园精灵，当来自伦敦大本钟图案的明信片落入朱诺邮箱里时，朱诺对精灵被盗这件事的愤怒又被重新唤醒了。克里勒·蛋白酥这样写道：

Good morning[2]！这里是来自英国首都的问候！昨天我吃了一大份鱼和薯条，就连一个我这样的精灵也吃得饱饱的。然后我去了大本钟（见正面），又去了杜莎夫人蜡像馆，我在那里观看了各种名人蜡像。我最喜欢的明星是猫王和麦当娜。所有的蜡像都是那么栩栩如生！今天我去了波特贝罗大街，那里每周日都会有一个很棒的市集！See you soon[3]！/ 比尔博

我计算着克里勒·蛋白酥回家的日子，这样我就可以让一切都重回正轨。

1　助行车：辅助行走的推车。
2　Good morning：英语"早上好"。
3　See you soon：英语"回见"。

剩余 9 天
满是肉馅的轮滑鞋

克里勒·蛋白酥旅行回来之后,他简直变了一个人!他晒黑了,而且给自己弄了一块很大的表,他突然开始在说话的时候插入法语和英语。嗯,他似乎……更生动活泼了,更有活力了。他给我们每个人都带了礼物。我们坐在丁香亭中,他给我们分发礼物,我们则吃着妈妈烤的蛋白酥蛋糕,这有点儿像平安夜的感觉!

外婆得到一条镶嵌真红宝石的金项链;妈妈得到一瓶香水,瓶子和埃菲尔铁塔一个形状;玛伊肯(很遗憾)得到了一个可以挂在脖子上敲的鼓；波波得到一个布偶獾。我本人得到了一个玻璃雪球，玻璃里面不是雪，而是金色亮片！在雪球里坐着一条棕黑色的塑料狗，长得很像爱因斯坦！太漂亮了。完美的礼物。想想看，克里勒·蛋白酥怎么会知道什么样的礼物能让我们每一个人都喜欢呢！

喝过咖啡，吃过蛋糕之后，克里勒请我跟他一起去他的房间，他把箱子里的东西整理出来，而我拿回了我的花园精灵，精灵看上去和我交给他的时候一样完好。我感谢克里勒整个旅行都带着精灵，感谢他拍摄照片，邮寄明信片。克里勒是不会知道我很久都没有再上传照片到花园守护精灵账户的，他也不会知道，明信片带来的麻烦比快乐多。克里勒·蛋白酥向我保证，不把精灵的事情告诉任何人，他和我握手，并且郑重承诺："我保证！我会把这个秘密带进坟墓里。"

我决定当天晚上晚些时候把精灵还回去。但首先，我要把它藏好，因为我不想冒险让朱诺看到。她的爷爷从芬斯蓬[1]过来看望他们，但她说过，她也许晚上会过来玩儿一会儿。我的房间是很危险的，不能藏精灵，我们主要都待在这里。我决定，波波的房间应该是最佳地点。朱诺在那里找到精灵的可能性为零。我躺在地板上，把精灵推进波波的床下，尽量推到最里面。

1　芬斯蓬：瑞典一个城市。

当我要下楼梯时,克里勒·蛋白酥从他的房间探出头来说:"嗨,希格。我想知道你能不能帮我个忙?"

"当然,"我说,"什么忙?"

克里勒说,他几乎拍完了整部电影(这太令人震惊了,才三个星期!),只剩下最后的一个场景了,最惊悚、最扣人心弦的结束场景。建造这座食肉动物园的科学家雷·施瓦素努勒·伯恩斯坦(由克里勒·蛋白酥本人扮演)被狮子追赶,最后丧生在一头野生狮子口中。克里勒希望这一幕真的可以令人兴奋,同时又紧张刺激。因此观众要从狮子的视角来看这场追逐,看到狮子追赶雷·施瓦素努勒·伯恩斯坦,然后扑到他身上,把他撕成血淋淋的肉块。为了能够有这种感受,需要镜头可以快速前移,同时还要可以近距离拍摄,这样人们才能真正地看到狮子吃掉雷·施瓦素努勒·伯恩斯坦。

克里勒·蛋白酥说,他试过从一辆汽车或者一辆自行车上来拍摄这一幕,但是都不行,他现在想问问我是否可以在他飞奔逃命时滑轮滑跟在他身后拍摄,达到这样的拍摄效果。

"嗯,"我说,"可能有些困难。因为滑轮滑的时候,需要用力蹬地,这时,镜头就会一会儿朝右晃,一会儿朝左晃,然后再朝右,然后再朝左,就像画一个之字形一样。"

我用手比画了一个波浪的动作。克里勒看起来很失望。

"唉,"他说,"你说得对。嗯……我该怎么解决这个问题呢?……我必须要说,这件事让我很担心,因为现在距离首映只有不到十天了!我已经在报纸上登了广告,而且租下了整个人民之家。"

我们大眼瞪小眼。克里勒·蛋白酥托着下巴。我真的想帮克里勒,他帮过我的呀。我想到外公的话:"在一个人绞尽脑汁想办法时,所有想出来的点子都是好点子。"我让思维自由翱翔,让它们自由地飞进我的头脑中。突然间,一个绝妙的想法!

"等一下!"我对克里勒说,我跑进我的房间。

我从床底下找出渔猎标枪,然后跑回他的房间。

"你拿这个东西干什么用?"克里勒笑着问,"射我吗?"

"不是,不是,我会解释的!让我来隆重介绍——'麻雀之箭'!"

一开始,克里勒相当犹豫,他不相信这个东西有用,于是我就给他表演了直接把标枪射入墙里,然后按动按钮,线就转着收了回来,这时他整个人都兴奋起来,一把抓住我的肩膀,轻轻地晃动着我。

"希格,"他兴高采烈地说,"你救了我!"

我和克里勒·蛋白酥步行从碎石子路朝克勒斯塔教堂走去,我经常在那里遛爱因斯坦。克里勒觉得,那里应该有一块地方很像食肉动物园。克里勒换上了电影人物雷·施瓦素努勒·伯恩斯坦在电影里穿的衣服:一件蓝白宽条纹的脏衬衣、背带裤和一件旧帽衫。我们路过以前我练习朝着树射标枪的田野、有着被烧毁房子的马场、农庄和开满鲜花的小院子。

我们来到那座白色大教堂前时,克里勒的脸上全都是汗,衬衫贴在胸口上。这不奇怪,因为他身上的衬衫很厚,而室外温度大约三十度,骄阳似火。在我穿轮滑鞋的过程中,克里勒去寻找合适的拍摄地点,他找到了教堂前面几米处的地方。那里有一棵树、一小片草坪,围着那棵树有一片平坦的水泥地,这让我的轮滑鞋可以滑行。然后克里勒开始为拍摄做准备,他把一袋掺了人造血的肉馅绑在衬衫内的肚子上。当我扮演的狮子袭击他时,他要以某种方式弄破那个口袋,让血和肉馅露出来,看上去像他的内脏。

"可是你把肉馅拽出来时,别人不会看到你的手吗?"我问。

"到时候剪掉就可以了。"克里勒自信满满地说。

他还给我看了一个装有人造血的极小的塑料透明容器,他要把这个放进嘴里。当他在最后一幕中把这个东西咬碎时,血就会顺着他的嘴角流下来。这会成为整部电影的最后一个镜头,因此我必须准备好。科学家雷·施瓦素努勒·伯恩斯坦眼睛直勾勾地看着镜头,血慢慢地从嘴里渗出来。

克里勒·蛋白酥用银色胶带绕着我缠了两圈,把手机牢牢绑在我的胸前。我此前以为我们会用一个大得多的、真正的摄像机，但克里勒是这方面的专家。而且因为渔猎标枪已经很重了，我用绳子把它挂在腰间，因此我还是很高兴能够解放双手，不必扛着一个大摄像机。

我们实验了三次，没有使用血包，只是为了保证一切都能正确无误。因为只要血流下来就会弄脏克里勒的衣服，如果要重新回到不带血渍的状态就很难了，也就是说，重新拍这一幕很困难。我们有一个镜头需要一次就完美呈现。

安排是这样的：
1. 我要把渔猎标枪射入大约二十米以外的树上。
2. 克里勒在水泥地上就位，在我前面大约十米的样子。
3. 克里勒开始跑。
4. 那时，我要立刻按下线盒上的按钮，线会缠绕回收，把穿着轮滑鞋的我拉向大树。
5. 就在大树前的那块小草坪上，克里勒·蛋白酥倒下去，狮子，也就是我，要扑向他，把肉块从他的腹部撕扯出来。
6. 克里勒会在狮子咬食他的肠子时，慢慢地、痛苦地死去。

在我们试射时，我有一次不巧没有射中，但这问题不大。这个失误很容易纠正，只要再射一遍就行了。如果线收紧时我摔倒了那就比这糟糕多了。我把腿叉开，降低风险。

时间到了。克里勒严肃地看着我,他用手绢把脸上的汗水擦掉。

"成败在此一举,希格。你准备好了吗?"

我点点头,表示准备好了。克里勒也准备好了。我一动不动地站好,把我的注意力全部集中在那棵树上——深吸一口气,然后我射出标枪,看着它以一个完美的弧线飞向大树,直接插进了树皮里,又深、又稳,线笔直地从我这里飞到树干。克里勒按了我胸前手机的录像开关,然后站在我前面十米的地方,回头看着我喊道:"开拍!"

他开始跑起来。我先是踩着轮滑鞋小心地向前滑了两步,为了获得一点点初始速度,然后按下线盒上的收线按钮。立刻,我就感觉到线绷紧了,随后一股凶猛的力量一下子拽着我向前滑去。我意识到,我会在比预期早得多的地方撞上克里勒,他根本来不及跑到那块草坪上,但我还没来得及想明白,我就直接撞到了他的背上。克里勒高喊一声,重重地朝着水泥地面摔下去,我被绊倒了,直接摔到他身上,这种方式和我们计划的完全不一样。克里勒惊恐地看着我,我不知道这种眼神是不是真的恐惧,还是他在表演雷·施瓦素努勒·伯恩斯坦这个角色。

我想要站起来,从他身上挣脱,但线绳和克里勒的身体都让我难以行动,于是我又摔了回去。这时,克里勒开始叫喊,一种惊恐的状态下撕心裂肺的嘶吼,于是,他撕开衬衫，衬衫扣子都飞了出去，把肉馅的血涂抹在肚子上。我想要站起来，这样我就可以拍到这些镜头了，但线又拽了我一下，我再一次朝着克里勒摔了下去。我的脸直接压在血糊糊的肉馅上，肉馅热热的，散发出一股腐烂的气味。

我最后终于挣脱开来，线绳不由分说地把我拉向那棵树，我先是肩膀撞了上去。我灵机一动，拽掉身上绑着渔猎标枪的绳子，重新滑到克里勒·蛋白酥面前，他还躺在水泥地上一边扭曲身体，一边吼叫。我俯下身去，让镜头能够拍到他的脸。

他的眼睛睁得圆圆的，我看见他在用力咬。咬啊，咬啊。最后听见有个东西破了，几滴血从他的嘴里流了出来，顺着下巴滑下来，然后掉落在衬衫领子上，形成一个小红点。我继续拍摄。他停止了扭动，身体松弛下来，目光直勾勾的，和死人一样。我继续拍摄、等待。过了一、二、三、四、五秒。突然，他高声喊道："停，停！"

克里勒·蛋白酥一下子跳起来，吐出嘴里的塑料瓶，咧开嘴笑得很开心，我能看见他露出两排血淋淋的牙齿，说实话，这时他看上去特别吓人。

"好极——了！！！太——棒了！！！完——美！！！！"他抱起我，在空中转了半圈。我几乎喘不过气来，他沾满肉馅的肚子把我的Ｔ恤衫都弄脏了，但他似乎并没有注意到。

他把我放在水泥地上，一块血淋淋的肉馅掉落在我的一只轮滑鞋上。

"对不起,我摔在你身上了!"我说,"弄疼你了吗?"

"没有,没有,哦,有一点儿。但疼痛是世俗的东西,一点儿都不重要!重要的是我们完成了!"

"真的吗?"我犹豫地说。

线缠住我时,我摔到他身上不止一次,而是两次。

我以为,克里勒·蛋白酥至少会有一点点不满意。

"嗯哼。虽然不是一切都按照计划进行,比如碰撞,还有那个小血瓶特别难咬开,但总体来说,无与伦比,希格!我对你的能力刮目相看!"

我以前从没见过克里勒·蛋白酥如此热情洋溢、兴高采烈。他手舞足蹈,放声大笑。这个电影项目的确令他整个人都鲜活了起来!

我们转过身,准备回外婆家,这时我发现,有几个人站在那里,十个,也许十二个人,张着嘴巴,瞪着眼睛。其中一个人穿着典型的牧师服装,很可能……对,是牧师。

"啊,"克里勒说,"今天是星期天呀。也许弥撒[1]刚刚结束?"

我环顾四周,看看他们都看见了什么。树上的标枪、克里勒血淋淋的脸和肚子、我满是肉馅的轮滑鞋、用银色胶带缠在我胸前的手机……

---

1 弥撒:天主教纪念耶稣牺牲的宗教仪式。

"你们还好吗?"牧师突然喊道。

他的声音很亮,但也很不安。

"一切都好极了。确实妙不可言,棒极了。"克里勒·蛋白酥喊道,就在这时,又有一大块血淋淋的肉馅掉落在水泥地上。

他朝着人群迈出几步,这导致好几个人都向后退了两三步。这时,克里勒·蛋白酥咧开嘴笑了,他所有带血的牙齿都露了出来。一个小孩子号啕大哭。

"哦,其实我们在拍一个电影。"我说。

"对,没错,"克里勒喊道,"《食肉动物园》!《食肉动物园》!请留意未来的影院宣传!来吧,希格。"他说着朝我点点头,"我们得赶紧回家了,去看看我们的杰作。"

他用沾着血和肉馅的手朝着牧师和来教堂的信众挥手告别。

"我们不要忘了'麻雀之箭'。"我说。

"当然,当然。"克里勒说。

我们彼此协助,把标枪从树上取下来,把线缠到渔猎标枪上。牧师和几位来教堂的信徒还站在原地,好奇地看着,但没有人敢真的靠近我们。

我们向外婆的房子走去,路上我就在想克里勒·蛋白酥把我抱起来的情景。如果有人当天早些时候跟我说,有个六十六岁的身上沾满血淋淋肉馅的人要抱我,那我肯定会说"不行,谢谢"。但事实是,我其实还挺喜欢他的这个拥抱。

剩余 8 天
灾难

朱诺俯身在弹珠游戏机上。她的眼睛睁得圆圆的,动作很快,想要跟上游戏中发生的一切。弹珠乒乒乓乓弹来弹去,如果足够幸运,就会听到哗的一声,这意味着弹珠碰到了某个特别幸运的得分点。分数会带着声响滚进来,这里一千分,那里一千分。但我以四万分的积分领先,而这是她最后一个球了,我差不多赢定了。朱诺不间断地按着旁边的按钮,让小小的挡臂一次又一次把银色的弹珠推出去。她没有什么战略战术,就只是尽量快地按旁边的按钮。突然,弹珠不偏不倚掉进了一个小通道里,碰到了红色的按钮,机器发出砰砰的声音,朱诺得到了五万分,然后球继续在各个栏柱间弹来弹去,最后溜进了其他弹珠中,掉进洞里消失了。我们盯着分数。朱诺领先一万三千分赢了!她先是看看我,然后又看看分数。突然,好像她明白过来。

"哇哇哇!"

她高兴地双脚蹦了起来。绿松石色的头发一弹一弹的。看到她这么高兴,我也很高兴。

"我赢了,希格!"

"是,我看见了。恭喜!"

"我赢了!我觉得你没法理解这对我来说有多重要!这种事情我从来都没赢过!"

"我为你高兴!"我说。

"我是最好的!我是最最最好的!"

她看上去是那么的高兴,在我的屋子里蹦来蹦去,就像几秒钟之前的弹珠球一样。我笑了起来。她也笑了,躺倒在我床上。

"见鬼,我全身都是汗。"

"我们要不要一起去餐厅拿点儿饮料喝?"我说。

"我没劲儿了,站不起来。"朱诺说,但我走到她面前,拉着她的手,她不得不坐起来。

就在这一秒,一个很小的小人儿出现了,是波波,嘴里叼着奶嘴，手上抱着一个黄色的东西。

"嗨嗨。"她高兴地说。

就在这一秒，我看到一件可怕的东西。因为我一眼就认出了她手上抱着的——花园精灵，只是它被卷在一个类似妈妈的睡衣里，而且尖尖的精灵帽子外面被罩上了一顶白色的婴儿帽。见鬼！我昨天晚上没能把它放回去，因为昨天的事情太多了。我和克里勒一起查看了在教堂那边的录影，然后他演示给我看怎样剪辑影片。朱诺顺路过来玩儿时，我们一起做了巧克力蛋糕，然后还和妈妈、玛伊肯一起看了一个电视剧。然后我送朱诺回家，一直送到她家的信箱那里，等我回到家，想要跟妈妈解释我必须再出门一趟时，妈妈完全不能理解，她说我必须立刻上床睡觉，因为已经晚上十一点半了。于是，我想，我明天一大早再去把精灵还回去也可以。但后来我就把这件事完全忘到了脑后。我愚蠢的大脑！我怎么可能这么健忘？！

"波波，走！从我的房间出去！"我喊道。

波波瞪着她蓝色的大眼睛吃惊地看着我，然后看着朱诺。我惊恐地发现，朱诺就站在我身后。波波吸了几下奶嘴，然后奶嘴开始颤抖，她不习惯我对她大吼大叫。我感觉自己很糟糕，但现在全世界只有一件事情是最重要的，那就是她不能进来。

"可这没关系吧，"朱诺和善地说，"她应该可以待在这里吧?"

"不行!"我严厉地说,"你有自己的房间。波波,你应该待在那里。出去!"

波波哭了起来,金色的卷发向各个方向炸开,她咧开大嘴哭,但还是以一种神奇的方式把奶嘴留在了嘴里。

"对不起,波波。"我用和善一些的声音说,"但你必须走。"

我走到她跟前,试着调转她肉乎乎的小身体,把她轰出我的房间。

绝望在头脑中嗡嗡地打转。朱诺还没有发现精灵简直是一个奇迹,不幸中的万幸是波波用睡衣把它包裹了起来。波波把脚跟抵在地上喊道:"不不!"

我正要把她抱起来,这时可怕的事情发生了。

波波把精灵掉到了地上,一声响亮的咔嚓声传来。

"那是什么?"朱诺问。

"不不!"

波波的哭声上升到一个全新的级别。我觉得,我从没听到过她哭得这么大声,听起来像是一阵火警警笛。

朱诺大步来到波波面前,拿起了那个从她怀里摔在地上的东西。包裹在外面的睡衣松开了一点点,精灵棕色的裤子、蓝色的上衣和小腰带依稀可见。唯一让它有一点儿难认出来的就是那顶套在头上的白色婴儿帽。事实是,现在它摔成了两段。

"什么……?"朱诺说。

我认为这一切应该只有几秒钟的时间,但感觉我们站在那里盯着地上破损的比尔博长达好几分钟,哦,对啊,他其实名叫汤姆·特兰德。

然后,朱诺慢慢转过身来。当她灰蓝色的眼睛与我的双眼对视时,似乎有两道闪电从那里射出来。

"是你?"

"我……我可以解释!"我说着后退了一步,好像我害怕被打似的。

"是你把它拿走的?!你怎么可以?你怎么可以这么做?"

"朱诺,我……"

"你太混蛋了,希格。我永远都不想再见到你!听见没有?永远!"

她抓起精灵的两段残体,冲出房间,同时把睡衣也带走了,她狠狠地跺脚下楼梯,把我们的大门重重地甩上。

眼泪从眼睛后面压上来,在我斜视的眼睛的后面,在另外一只正常的眼睛后面。好像我的一双眼睛就是我脑子坏掉了的证明——我是歪斜的,我是有毛病的,我不知道与人相处时应该怎么做。为什么人不能像动物一样?像狗一样?它们要简单得多——它们不评判,它们不认为你说的话奇怪,它们不觉得你是傻瓜,它们不在乎你碰巧拿走了一个旧花园精灵，而你本意并非如此。我应该关闭所有和人相处的通道，未来只和动物相处，因为我真的禁不起无休无止的失败。

我走出门，走过雪佛兰，穿过丁香凉亭，无声无息地来到黄色房屋拐角处，开始往那棵松树上爬。树干旁那些黏腻又尖利的松针扎进我的手掌里，眼泪涌上来，顺着脸颊流下来，也许是因为松针，也许不是。高处树枝变细了，被我身体的重量压弯，松树有些晃动。然后我来到房顶，小心翼翼地走过房顶平坦的部分，爬过屋顶的瓦片，平躺下来。太阳躲进了一片白色的薄云里，天空是浅浅的灰蓝色，就像朱诺的眼睛一样。

眼泪继续往外涌。更多的泪水一定会顺着我那只难看的、没用的眼睛流出来吧？我用拳头捶打自己的头，想要让自己清醒清醒，但还没有达到我希望的程度，于是我又打了一拳。我不知道自己在那里躺了多久。但我一直躺到身体不再颤抖，眼泪不再流，也不会再有哭声从我嘴里冒出来。

剩余6天
我毫无价值的人生

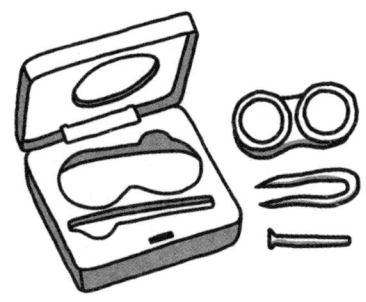

外婆开着雪佛兰护卫舰和我一起去北雪平取我的新眼镜,还有一副我要试戴的隐形眼镜。我的身体迟钝,行动缓慢,感觉舌头好像被钉死了一样,我似乎说不出话来。外婆一定注意到什么了,因为她询问我情况怎样,但我只是耸耸肩,因为我该说什么呢?在太阳镜后,我感觉到眼泪在灼烧。不奇怪吗?怎么会有这种感觉呢?眼泪是水做的呀。

配镜师金姆弯曲、调整镜架,直到它舒舒服服架在鼻梁上,待在耳朵后,然后他给我演示,我要怎么戴隐形眼镜。

我需要练习一下，但当眼睛里总有泪水时会很有难度。金姆解释说，如果一个人对隐形眼镜不太熟悉的话，这种情况是可能发生的。我没有跟他解释，如果人比较笨的话，可能也会这样。金姆说，很多人都觉得第一次把隐形眼镜放进眼睛里有困难，我可以继续在家练习。然后，他问我是否有什么问题。我想问他，如果他是眼睛方面的专家，那他知不知道一个人到底可以哭多久。一个人的眼睛到底能产出多少眼泪？因为我从昨天开始，应该至少已经流了一升眼泪了。但我摇摇头。这不是一个可以提出来的问题。

外婆交过钱，我们就要出门时，金姆高声说，如果有什么地方需要改动，联系他们就可以了。我的人生，我想说——我的人生需要改动，我毫无价值的人生。但是这一次我仍然什么都没说。他指的当然是眼镜。

我们朝着斯卡布莱克开去，透过我的新眼镜，世界看起来不一样了。所有的轮廓都更加锐利，色彩更加鲜艳，细节更加清晰。但是，当世界如此丑陋，谁又想把它看得更清楚呢？

外婆斜眼看着我，尽管她在头上系了一条红色的围巾，但她灰色的头发还是在风中疯狂地打着旋。她点上一根烟，微笑着说，我戴着新眼镜看起来像"百万美钞，令人着迷"。可我暗自思忖，我自己看起来甚至连五毛钱都不值。

我希望，我们只是不停地向前开，继续朝着地平线驶去，永远都不要再回家。但外婆在那块写着"斯卡布莱克"的路牌那里转了弯。她当然会这么做，因为从来就没有一件事会按照我的意愿发展，从来都没有一件事像我想的那样。

剩余 5 天
怀尔德三周跳

我坐在门廊的太阳椅上,身上盖着被子,这时,妈妈下班回来了。才刚刚早晨八点,但我已经醒来三个小时了。我昨晚忘记拉下百叶窗,因此感觉房间被照得和碧昂丝的演唱会舞台一样亮。爱因斯坦蜷成一个大大的黑圈趴在我身边睡觉,它那像狼一样的大嘴里时而传出一阵阵小呼噜声。今天它很不寻常,妈妈回来时,它甚至都没力气站起来迎接,它只是心不在焉地抬起一只眼皮,然后又睡了过去。

"亲爱的,你怎么坐在这儿呢?"她说。

"没有啊。"我说。

她笑了。这是我以前经常开的老玩笑了。

她蹲在我身旁,拍了拍我的头发。然后,她突然兴奋起来,抓住我的下巴,把我的脸转向她的方向。

"哇,你看呀!你的新眼镜!好漂亮啊!"

"嗯,确实挺好看的。"

"是的!太漂亮了!"

我们沉默了几秒钟。

"你在干什么呢?"

"在看花样滑冰的视频。我醒得很早,睡不着了。"

我已经醒了三个小时了。出于某种未知的原因,看视频能让我平静下来。我已经看了很多奥运会的视频,单人滑、双人滑,还有冰舞。我一遍一遍地重复看皮鲁埃特脚尖旋转和蹦跳,研究花样滑冰运动员是如何将这些动作结合在一起的。蹦跳有很多名字,例如:萨霍夫跳、路兹跳或者利特博格跳[1],这都是用创造这些动作的运动员的名字命名的。我也想要一种跳跃用我的名字命名,怀尔德跳。例如:"哇,他做了一个怀尔德三周跳!"但这会是什么样子的呢?也许一个皮鲁埃特旋转就直接撞上雪佛兰护卫舰,然后触发了报警器?

"你知道吗,希格,我有个好消息!"

---

[1] 利特博格跳:即后外跳,是花样滑冰的一种跳跃。

"什么?"

我无法想到会是什么样的好消息。

"哦,我给莫斯陶普学校打电话,和那里的校长聊了聊。她同意了,你可以换班!在你固执的妈妈絮叨了一阵子之后,你可以和朱诺一个班了!"

妈妈笑了,可我几乎不敢看她,她看起来满脸期待。一切都太晚了,但她是不可能知道的。

"可是……你不高兴吗?"

"高兴,高兴,我当然高兴了。只是……哦……你能打电话过去真是太好了。"

我想要给她讲花园精灵和发生的一切,我真的很想讲给她听。但我根本不知道从何说起。我该怎么解释,我碰巧偷走了一个花园精灵?我用精灵的名字开设了一个照片墙账户?我让精灵跟着克里勒·蛋白酥去了欧洲,还从各大城市寄明信片回来?而我唯一的朋友恰好是这个精灵的主人,她似乎很爱精灵,现在她感到失望、愤怒?太失望、太愤怒了,以至于她永远都不想再见到我?我该怎么解释这样的事情呢?我感到自己太无力了,甚至都没力气试着去开始讲述。

妈妈嘀咕了一下,好像她突然明白了什么。

"希格,你当然正在为开学感到紧张,这并不奇怪。但我真的感觉,这次会不一样的。你有了朱诺之后,就会安心很多，对不对？"

我冲妈妈点点头，强挤出一个微笑来。因为她根本不可能知道，其实朱诺和我同班令我更加不安。一个愤怒的朱诺。她有什么不能向大家揭露的呢？我后悔把我的一切都讲给她听了，我后悔我以前太信赖她了。

妈妈站起来，打了个哈欠，手臂直伸向天空。

"天哪，我累死了，希格，这真是忙得四脚朝天的一晚上。我要上楼去睡几个小时。"

"好梦，妈妈。"我说，她打开门廊上的门，走了进去。

爱因斯坦眯着眼睛看着她的背影，仍然一动都没动。我拍拍它，它打了个滚，肚皮朝上，那里的皮毛柔软很多，颜色也更浅一些。它想要我抚摸它的肚皮。

"你也累了吗，你这个大毛团？你前一夜可没有忙得四脚朝天吧？"

它又闭上眼。如果它的尾巴不是像扫地的扫把那样挥来挥去的话，你会真的以为它睡着了。

剩余3天
上百种方法本可以让事情不一样

　　天空灰蒙蒙的，天气有些冷，但我还是拿着笔记本坐在房顶上。最近两天，我绝大多数清醒的时间都是在那里度过的，那是我唯一可以平静下来的地方。一连几个小时我坐在那里，一个字也没写，一幅图也没画，只是疲倦地一页接一页地翻看，看看我以前潦草画出的所有发明创造。从那些我小时候就想出来的东西：塑料杯子做的扩音器、用在浴室里的报纸夹子，直到最新的"麻雀之箭"。接着我又读到了我关于"受欢迎"的愚蠢的笔记，这些话现在看上去那么幼稚。

我用黑色的粗笔把这些话一个词、一个词地盖住，直到再也辨认不出原来写了些什么。本子上出现了很多黑色的长方形，它们形成了大大小小的黑色方块组成的长长的线条。然后，我突然看见我在克里勒·蛋白酥从德国发来信息后写下的句子：

对于受欢迎来说，什么才是重要的？实质上？难道不是一个人想要交到朋友吗？那种可以信赖和交谈的朋友？

我合上笔记本。我当然想要朋友，可以信赖、交谈的朋友。但是渴望得到以前没有而且以后也不会有的东西是没用的。噢，朱诺，我悔得肠子都青了。我想出上百种可以让结局变得不同的做法。我直勾勾地盯着前方，实际却什么都没有看见。突然，一个绿松石色的小圆点出现在视野的角落。

一开始，我几乎觉得自己产生了幻觉。因为我太用力地去想她，所以我看到了我大脑的一个产物。但这就是朱诺——绿松石色的头发扎成了一个高高的马尾，粉色的裙子被风吹得哗哗作响。我躲在松树树梢后面。她像个忍者一样灵活地穿梭在汽车之间，然后，她按响了门铃，虽然大门是开着的。我听见门铃响起来，震耳欲聋的教堂钟声的旋律。然后传来外婆的声音："朱诺，亲爱的！太好了！欢迎回到斯卡布莱克皇家金色大饭店！"

"哦，你好。你看见希格了吗？"

"没有，还真没有。从早晨就没见过他。"

下面沉默了。我屏住呼吸。

"要不要我给他带句话？"外婆问，下一秒，我听见她点了一根烟。她吐烟雾的方式很特别。

"你可以跟他说……你可以说……我不知道。你可以说，我说……哦，不。没什么。还有，我想要归还这个。"

"这是什么？"外婆问。

"这是……嗯……是一件睡衣，还有一顶婴儿帽。"

"没错，这一定是波波以前的帽子。"外婆惊讶地说，"这件是汉娜的睡衣？"

"哦，我不知道。但我上次不小心拿走了。我也不太清楚到底是怎么回事。对不起。"

"太好了！哦，那谢谢啦。谢谢你把这些东西还回来。"

"不客气。哦，我应该怎么说呢。好吧……我得走了。我们要……我必须……再见。"

我看见她倒退了几步，然后突然转身，绕开停放的汽车，跑掉了。我的目光跟着她，直到她消失在一个高高的篱笆墙后面，我再也看不见她。

我的心脏怦怦剧烈跳动。她想说什么？说她已经报警了？说她恨我？或者也许什么别的？稍微好听些的话？

我从松树上爬下来，偷偷溜进房子，路过门口的斑马，今天它头上戴着一顶有金穗装饰的酒红色伊斯兰圆帽。我上楼来到我的房间，我需要思考。在床上，我躺在了一张小报纸上。报纸封面装饰着一只长着黄色的喙和一双疯狂大眼睛的胖鸟手绘图。那里还有一张小纸条,我立刻就能看明白,纸条是玛伊肯写的,因为她总是这样写东西。"希格,给你一份报纸,因为我知道你很难过。虽然我不知道为什么,但是这上面有我和尼尔斯一起编的笑话,你看了之后就会笑一笑,高兴一点儿。"

我翻开第一页。什么鸟最好吃?三明治[1]!在旁边,玛伊肯,也有可能是尼尔斯,画了一幅画,不管怎么说,我认为画的是一个有眼睛、有嘴、有翅膀的三明治。我继续往下读:什么鸟最喜欢花生?松鸦[2]!还有,什么鸟经常能赢彩票?斑鸠[3]。

这确实让我笑了。玛伊肯,我必须记住,以后要对她好。也许我可以买几瓶可乐放进她的机器里。她其实也并没有那么麻烦讨厌。

这时,口袋里突然叮咚响了一声。我拿出手机,是一条信息,朱诺发来的。

嗨,希格。我们可以见面聊聊吗?

---

[1] 三明治:瑞典语"三明治"直译为涂着奶油的鹅。
[2] 松鸦:瑞典语"松鸦"有"坚果"的意思。
[3] 斑鸠:瑞典语"斑鸠"有"幸运"的意思。

一只雀跃的小鸟在我胸中

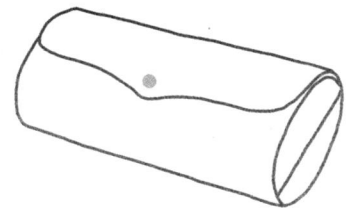

我们在信箱那里见面了。朱诺建议我们去散散步,她说,她妈妈说过这样会比较容易交谈,比一直大眼瞪小眼好一些。我点点头,因为害怕几乎不敢呼吸。我们开始走,我一直都在等着朱诺开口,说警察,或者说我脑子坏掉了,但她没有。每走十米,她都重重地叹一口气。我斜眼偷看她,她把右手插进和服的左边袖子里,左手插进右边袖子里,这样看起来她好像没有手一样。我们这么走了肯定有一刻钟,经过了房屋、游戏场地和一个空空荡荡的幼儿园,这时,我终于深吸一口气,决定由我本人来开始话题。我停下来,转过身面向她,就在我说"朱诺!"的同一秒,她说"希格!"。

我们笑了,两个人都笑了。这种好的迹象像一只雀跃的小鸟一样在我的胸中飞翔。因为笑是一个很好的信号,但我不敢相信这些好的迹象,就像小鸟会飞走。

"你说。"我说。

"不,你说。"她说。

"那好吧。"

我深吸一口气,鼓足勇气。

"朱诺,我为这一切感到特别难过,为我拿走了精灵感到特别抱歉。这真是太、太、太蠢了。但是,其实,刚开始的时候,我没怎么想过我的所作所为。我当时特别生气,因为你拍了我滑轮滑摔进树丛的照片,嗯……然后我请克里勒·蛋白酥带着精灵去旅行,然后我和你就认识了,那时我想让一切停止,但好像已经太晚了。"

她听着,绿松石色的马尾辫上的几缕头发在风中飘舞。

"而且我不知道我应该怎么开口说,是我拿走了。"我继续说,"我真的是太蠢了,脑袋坏掉了。我特别特别难过,我真的明白,你永远都不想再见到我。"

她清了清嗓子。

"嗯,其实……我特别生气!因为你什么都没说。因为你对我撒谎,希格!从某种角度我可以理解你把它拿走,但你此后却一个字都没提！这才是最差劲的。"

"我明白，我……"

她打断我。

"而且……我特别喜欢我们一起找乌龟。太有意思了！像是一个紧张刺激的任务！有点儿像我们都是侦探。我想，我们也许可以……我们可以一起寻找精灵，作为一次新的探险。然后，当你妹妹走进你的房间……嗯，当我知道是你……我感觉自己简直太蠢了。你一定在嘲笑我，我到底有多蠢呀！"

她瞪着我，平时很浅淡颜色的眼珠现在看起来几乎是黑色的。

"没有，没有……我绝对没有。我可以以我外公的坟墓起誓！我从来都没有过。"

我咽了下口水。

"我希望比尔博可以修好？"

"他叫汤姆·特兰德！"朱诺尖声说，她的双手伸了出来，"汤姆·特兰德！"

"哦，对不起！汤姆·特兰德，当然。"

朱诺紧闭双眼，摇摇头。然后她把手又揣进裙子袖子里，重重地吸气、呼气好几次。看起来好像她打算把愤怒赶跑，但是却办不到。

"嗯，我把它粘好了。妈妈觉得没必要。她说，如果花园精灵那么重要的话,那我们可以再买一个新的。但我知道她要买什么样的!那种'雅致'的,全白的或者全杏色的。但我不想要新的!我只想要汤姆·特兰德!我知道,我是一个笨蛋。因为一个花园精灵到底有什么关系呢?谁会在意它呢?我,很显然,我喜欢那个愚蠢的精灵。所有其他的东西都那么令人作呕的完美,我就是受不了这样!"

我点点头。朱诺看着地面。我从口袋里拿出眼镜盒。

"给,你一定想把这个东西拿回去,你的眼镜架。这上面配了新的镜片,所以我回头得把它们取下来,不过,不管怎么说吧……"

我把眼镜递给她,但她没有接,于是我试着把它塞进她的一个裙子袖子里。这时,她后退了一步。

"喂,不!"

"拿着吧!"

"给你了呀。它是你的。"

"可是,这样的话我要付钱,镜架的钱。我有一点儿钱。"

"不!我说,这是礼物!你经常为礼物付钱吗?"

我什么都没说。朱诺盯着我看,我避开她的目光,低头看着自己的鞋子,然后看道路的远方。我可以肯定,我在斜视,我不想她看到这个。

"你能把眼镜戴上吗?我想看看你戴上什么样子。"朱诺突然说。

"哦，我不知道。"

"这应该是你绑架了我的精灵之后能为我做的最小的一件事了吧。"

我不情愿地打开眼镜盒，戴上眼镜，害怕她接下来要说什么。

娘娘腔、患阿尔兹海默症的猴子、斜眼傻瓜。

她仔仔细细地打量我。

"完美呀。"她然后说，"你看起来像一个流行歌星和一个聪明作家的结合体。"

我笑出了声。她在挖苦我吗？可是看起来又不像。

"我可不这么觉得。不过，还是谢谢。"

我刚要摘下眼镜，把它放回镜盒里，朱诺对我说，让我戴着，别摘。她说，如果眼镜不戴的话配镜就没有意义了。我们调头开始往回走，两个人都没说话。

"你对我说谎了，希格。这我不喜欢！"

语气很严厉，像老师在指正不听话的学生。

"我知道，这很蠢。对不起。"

"我希望你以后不要再对我说谎。"

突然，天空中的云层裂开了，一束光寻过来，照在路上，像一束追光点亮了小路。我此前如同浸过铅水的心变得轻快了很多，比平时也跳得愉快了很多。

"可是……嗯，你还愿意继续见面吗？"我问道，我等待着她回答:不,你想什么呢,你脑子坏了?

可是她没有。她说:"嗯,愿意。"

"可你说过,你再也不想见到我了呀?"

"是,没错,我也许是说过,而且我当时也是这么觉得的,但现在感觉不太一样了。而且,我们不见面之后,一切都变得极其无聊。"

我几乎不敢相信这是真的。

朱诺踢开一块石头,石头向前滚了几米。我们追上它,我踢了它一下,它飞了出去,就这样,我们一直来到她家,她爸爸正在用一把比指甲剪大不了多少的剪刀修剪其中一个三角形的篱笆树丛。他看上去吓人的聚精会神。

"你想进来和汤姆·特兰德打个招呼吗?"朱诺说。

"只要你愿意。"我说。

"现在问我愿不愿意不是特别奇怪吗?"

"没错,当然。"我说。

我们上楼来到她的房间。汤姆·特兰德头戴红色小尖帽,身穿蓝色上衣,站在书桌上朝着我们微笑。朱诺给我看那道裂缝,像一道细线,刚好在精灵的小皮带上面,她说,胶水应该已经干了,稍后我们可以把它放到户外去了。就在她说话的时候,我意识到一件可怕的事情,这如同当头一棒,我还有一件事情说谎了。我应该闭嘴呢,还是敢于把实情说出来?风险是,事情刚刚有所好转,一切就又要前功尽弃。不过另外的风险是,她以后知道了实情,那一切也会前功尽弃。而且这种情况可能更糟,感觉是更严重的欺骗。

我必须说出来,不管现在事情会发展成什么样。

"朱诺!我必须说一件事!"我几乎是在喊。

朱诺转过身面对我,当她看到我的面目表情,她双手交叉抱在胸前。

"又怎么了?你还偷了其他东西?"

"没有……但我爸爸不是在非洲从事保护濒危动物的工作。"

"哈哈,希格!你觉得我不知道吗?"

"你知道吗?你什么时候知道的?"

"可能是在你说他在一个神奇的国家巴-南非的那一秒。"

我感觉脸颊在发烫。

"但是你能自己说出实情挺好的。来,我们走吧,把汤姆放到院子里去。"

剩余 0 天
嗨,希格,你好!

就这样,那一天来了——开学第一天。妈妈会跟着玛伊肯去报到,见见她的新老师,她的老师当然不会像玛伊肯坚信的那样叫伯利耶,他叫伯耶利。我想要自己去报到,六年级妈妈似乎不应该跟着一起去报到了吧?

外婆从楼上下来,刚好赶上我要出门。她刚起床,身上还穿着那件寿司睡衣。

"亲爱的,开学第一天!嗯,教育是好的……"她想了想点了一根烟,吹出一大口灰色云朵般的烟雾。

我摆摆手,想要把烟雾从我脸上扇走。她的一个胳膊抵在斑马身上继续说道:"可你要记住,生命中一切值得知道的东西都无法教授,那是从我们成长的经验里获得的!"

"谢谢,沙洛特,那我还是不要去学校了吧?"我边说,边把脚塞进轮滑鞋里。

"不行,还是别这样,你妈妈会气死的。"

我们告别,我关上最外面的大门。

我很紧张,整个人都在抖。我和朱诺一起去学校也没能好到哪儿去,我滑轮滑的腿感觉像两根软塌塌的面条。朱诺在我身边戴着她蒲公英黄的头盔骑着自行车。

自从我们从配镜师金姆那里取回隐形眼镜之后,我曾经多次尝试把隐形眼镜塞进眼睛里,但这简直令人绝望!首先,在我试着把镜片戴进去时,想要不眨眼几乎是不可能的。第二,就算我某次成功地把镜片塞了进去,那种感觉就像一颗大沙粒进到了眼睛里。我不得不放弃,至少暂时性放弃。朱诺说,我真的不需要难过,因为我戴着眼镜看起来酷多了。尽管我不能完全相信她,但她的话我至少听进去了一点点。我感觉自己几乎有点儿好看了。

我们来到莫斯陶普学校,校园里已经到处都是人了。零零星星地有几个成年人,不过绝大多数还是孩子和十多岁的少年。他们成群结队地站在那里聊天、叫喊、大笑。我走过他们身边时,心脏怦怦直跳。我紧紧跟在朱诺身后,跟着她披在肩上的绿松石色头发。

朱诺把自行车停在一栋低矮的木建筑外。在她把车锁到停车位上时，我脱下轮滑鞋，穿上我新的本白色的运动鞋，那是我和妈妈上次买的，我放在背包里了。这时突然跑过来两个女孩，我觉得，我认得她们，但是我把这个念头挥去。我怎么可能在这里认识人呢？其中一个棕色卷发的女生吃吃地笑了起来，说道："是你呀！斯德哥尔摩来的家伙！"

"你要在这儿读书吗？"另外一个急切地问。

她长着一头金色的头发，梳着高高的马尾辫，穿着白色的夹克衫和一件用粉色两片拼成"派对"大字的T恤。

这时我想起来了！这是在商店里遇到的女孩。那两个拿到"一坨屎"表情符号钥匙圈的女孩。哦，不，我想。还能有比这更糟糕的开始吗？因为她们一定已经开始认定我是一个傻瓜了。这可不是一个能加入的聊天。我没有立刻回答，这时，朱诺插话进来。

"是的，他要在这儿读书！"

"在我们班吗，还是？"那个棕色卷发的女孩问。

我不敢回答。集中精力系鞋带。

"是的，没错。"朱诺平静地说。

"你叫什么名字？"金色头发的女孩用浓重的东约特兰口音问道。

"希格。"我抬头看着她说，害怕她接下来的回答。

她会拿我的名字开玩笑吗？她会说我在商店里的怪异行为吗？她会调侃我的眼镜吗？但是她都没有，她只是在微笑。

"我叫玛雅，她叫米丽亚姆。"

她捅了身边的同伴一下，她同伴立刻又吃吃地笑了起来。

玛雅在口袋里掏了一会儿，拿出一盒口香糖。

"你要吗？"她说着把糖盒递到我面前。

不是我最喜欢的橘子味，但草莓和青柠，也不错。

"好啊。"我迟疑地说，害怕她会迅速把盒子抽走，但她没有。

我拿过盒子，小心翼翼地往手掌上倒，掉出来两粒口香糖。

"哎呀，抱歉。"我说。

"没关系，两个都拿走吧，我也总是一次倒出来两粒。"

那个名叫玛雅的女孩微笑着把糖盒递给朱诺，朱诺摇摇头，张大嘴巴，让我们都看见她嘴里已经有一块口香糖了。

我们朝大门走去，问题有如雨水般向我们砸来。

"你们认识吗？""认识。"

"你们怎么认识的？""他飞进了我家的篱笆墙。"

"你滑轮滑很久了吗？""嗯。"

"你除了希格之外还叫什么？""怀尔德。"

"你染头发了吗，朱诺？""没有，这是假发。"

我想要回问一些问题,我学到过我应该怎么做,但我好像没机会。我们走进教室,看到老师已经把写着名字的桌签摆出来了。当我看到,我被安排在窗边,旁边正好挨着朱诺时,我真想因为轻松和解脱而瘫软下去。老师走上前来,和我握手,自我介绍她名叫阿格奈塔。她一定和外婆年龄差不多,不过她看起来更像那个年龄的女性该有的样子:半长的卷发、花裙子配一件浅黄色外搭。

当所有人都坐好之后,阿格奈塔拍了一下手,朝我转过身来。

"在我欢迎你们开始一个新学期之前,我想要告诉大家,我们班来了一位新同学!希格·怀尔德。"

所有人都把头转向我。我不敢看他们,于是我只能先向前平视白板,阿格奈塔在白板上用绿色花体写下"欢迎"二字,然后再在周围画上了红色和蓝色的花朵。

"希格从斯德哥尔摩搬来这里居住。现在,我想让大家都和希格打声招呼……"

她被一个身穿紫色T恤、满头黑发的男孩打断了,男孩站起来,跑到我的课桌前和我握手。

"你好,希格,嗨嗨。"

他的两个"嗨"连在一起说,让我想起了波波,于是我笑了,而他也回应了一个大大的笑容。

"好吧,这和我想象的不太一样,阿德里安,"阿格奈塔说,"但是,好吧。"

她等着阿德里安跑回座位坐好。

"你现在跑够了吗?好的,嗯,不管怎么说吧,我想,你们中有一个或者两个人能额外关照一下希格?给他看看所有的东西都在哪儿?体育馆、餐厅,所有这一类地方。"

朱诺举起手,同时她转过头小声对我说:"你已经知道餐厅在哪儿了!我们就是在它外面找到的卡罗琳娜!"

"哎呀,这么多只手呀,太好了!"阿格奈塔说,"那我们就让朱诺来关照你一下,带你四处转转吧,好吗,希格?还有阿德里安,如果有需要的话,你可以提供一些额外的帮助?好极了,就这样!欢迎来到新学期,六年级 A 班!"

我不记得,新的学期我曾经感受过被欢迎。但这一次,我确实感受到了。

今天是一个大日子。不仅仅是因为开学报到,还因为晚上是克里勒·蛋白酥的电影《食肉动物公园》在斯卡布莱克人民之家的首映盛典。首映盛典意味着这部电影第一次与观众见面,因此我们都穿得很隆重。我穿着衬衫,打了领结,领结是克里勒帮我打的。玛伊肯借了尼尔斯的浣熊装,波波套了三层纱裙,穿了一个带独角兽图案的 T 恤。妈妈也穿得很隆重,她穿上了浅黄色的连衣裙。妈妈给我们在房子前的楼梯上拍了张照片。

"这张照片我得框起来！"她说着亲了一下我的额头。

外婆和克里勒·蛋白酥已经提前乘坐雪佛兰护卫舰离开了。原本的打算是妈妈和我们步行去那里，但我穿上了轮滑鞋。我转向森林草地路，去接朱诺，但我按门铃时，没人回应，于是我晃晃悠悠穿过草坪，去敲门廊上的大门。当我看到汤姆·特兰德又重新站在他原来的位置上时，忍不住笑了。肚子上方的裂缝几乎看不出来，只有一点点。很显然，它不可能冲我点头，就是那种像问候一样的轻轻地点头，但它看起来好像真的这么做了。也许它觉得很无聊，也许它想要再出门去旅行，或者去看看别的东西。我知道，不管怎么说，花园守护精灵账户的粉丝还是希望它那么做的，他们写了好多好多评论，但下一次我要先问问朱诺。

有人在敲窗户。我能看到朱诺在里面，她绿松石色头发梳成两个奇奇怪怪的大球顶在脑袋上，就像米老鼠的大耳朵。她急急忙忙出来开门，高喊着"再见"就冲了出来。

我们追上妈妈和玛伊肯，还有坐在婴儿车里的波波。玛伊肯和妈妈正在激烈地争吵。

"我是所有的人里面腿最短的！这不公平！"

"我觉得波波的腿才是最短的。"妈妈说。

"在所有走着的人当中！她坐在车里呢！我才是最可怜的！"

"可是，亲爱的玛伊肯，你早晨绕着房子至少跑了五十圈。怎么可能才走两三公里就不行了？"

"因为我已经跑了好久了。现在我累了！"

"对不起，我家人是这个样子。"我对朱诺说。

"热热闹闹的，挺有意思的。我们家总是静悄悄的。"

"我知道，我爱她们这样！"我说，玛伊肯一下子坐到波波的腿上。

波波用拳头打她的后背，拖长声音高声喊不——不——！妈妈把婴儿车停下来，耐心地等着玛伊肯自己从上面下来。

"你也许应该早一点儿想这件事，"妈妈对玛伊肯说，"在你跑马拉松之前。你知道我们要走着去人民之家的。"

"我怎么可能早一点儿想到这个？一个人在真的开始想一件事之前怎么可能更早地去想它？"

妈妈转过身面向我和朱诺。

"我假装听不见她说的话，这样也许就能很快结束了。"

"我听见你说什么了，妈妈！"玛伊肯说。

"哦，亲爱的，我听见你说的话了。我觉得整个斯卡布莱克的人都听到了。但是就目前这个情况，我才不管你说什么呢。走两公里路也不会造成什么重大心理创伤，你还有首映盛典看呢。"

"这就是重大心理创伤！"

"有人带耳塞了吗？"妈妈低声对我说，"这段路还长着呢。"

我们来到人民之家时，院子里已经站满了人。他们三五成群地站在那里聊天，起码有一百人，也许有一百二十人。在一张铺着红桌布的桌子后站着一个穿白衬衫的男人，负责分发香槟和饮料，在旁边的桌子上有一大碗草莓。玛伊肯一路上都拖拖拉拉的，现在立刻有了速度，跑到草莓碗前面，往嘴里塞了好多草莓。红色的草莓汁顺着她的下巴流下来，滴到浣熊服上。我和朱诺过去一人拿了一杯饮料。

克里勒·蛋白酥和一群手拿香槟的女士站在台阶中央谈笑风生。一个端着一台黑色大相机的人在拍照，克里勒很配合地摆出各种姿势，他身穿白衬衫、酒红色带裤线的裤子和匹配的带金色纽扣的马甲。这时他看见了我，整个人一下子兴奋起来。

"希格！过来！这里有一位《北雪平报》的记者！"

我后悔自己穿了轮滑鞋，因为这样上楼梯就比较困难。但克里勒跑下来在楼梯的一半处迎上我。稳稳地抓住我的手和小臂，帮我走上去。然后，他转身面向站在那里记笔记的记者。

"希格拍摄的最后一幕，他对我帮助很大。哦，我要说，没有希格，就没有这部电影好的结尾，也根本不可能有好的结尾。我一直认为，结尾是一部电影最重要的部分。没错，如果你愿意的话，你可以引用我的话。下一次他一定也会站在镜头前!他名叫希格·怀尔德,别忘了写进文章里。"

克里勒·蛋白酥把一只手臂搭在我肩膀上,摄像师拍啊,拍啊,拍了好多照片。我们坐在台阶上摆拍,然后站在电影海报前摆拍。我们干杯时也要摆好姿势,克里勒拿着香槟,我拿着饮料。戴着我的新眼镜,我真的敢直视镜头了,我再也不需要用刘海遮住我的一只眼睛了。

突然,有人在入口处呼喊。我们不得不进去了,电影要开始了。

电影结束,红色的天鹅绒幕布拉上,有好几秒四周寂静无声。我们刚刚看完科学家雷·施瓦素努勒·伯恩斯坦血腥的结局,也就是克里勒被野生的狮子吃掉。这是我最期待看到的一幕,我不得不说,没有让我失望!克里勒掉落在衬衫外的肠子、剪接进来的袭击他的狮子,还有满眼的血、血、血。我很钦佩克里勒能够把这些都剪辑在一起。只有一次可以看见我"麻雀之箭"上的绳子,还有短短的一秒钟我的轮滑鞋。但这一点儿都不会影响影片的观感!

坐在第一排的克里勒·蛋白酥转过身来面向观众,带着满脸的期待。这时有几个人开始站起来要走,凳子腿刮在地板上发出很大的响声。

我看了看妈妈和外婆。通常情况下,她们确实都不太一样,但现在她们的表情一模一样,那是一种困惑和震惊兼具的表情,瞪大的眼睛和半张的嘴巴。波波头枕着妈妈的膝盖,横躺在外婆和妈妈的腿上睡着了，嘴上还带着一条口水的痕迹，安抚奶嘴掉到了地上。我的另外一侧坐着朱诺和玛伊肯。玛伊肯穿着染上草莓汁的浣熊服，她从头至尾都在大笑，她还转过身来"悄悄"跟我说："这是我有史以来看过的最有意思的电影。"

尽管这部电影并没有打算走喜剧路线。如果说实话，朱诺可能看手机的时间有点儿多。我与克里勒·蛋白酥四目相对，他看起来有点儿困惑，我也感觉同样惊讶。为什么人们不鼓掌呢？电影真是太太太精彩了！当然，有个别时候动物的攻击看上去有点儿假，而且有些演员的英语说得可能也不太好，但我的意思是，这是克里勒·蛋白酥的第一部电影呀！我站起来，用我最大的力气鼓掌。我朝着玛伊肯和朱诺，还有妈妈和外婆点点头，让他们也这样做。外婆和妈妈马上就跟着鼓起掌来。我们前面几排也有人开始鼓掌。我把两根手指放进嘴里，示意玛伊肯来吹口哨喝彩，她照做了。我自己不会，但玛伊肯吹口哨的声音比其他人都大，这一点是肯定的。另外还有个人也开始吹口哨。波波抬起头，睡眼惺忪地左看看、右看看。

我转过身，警告地瞪着坐在我身后的二十多岁的一个男孩和两个女孩，他们正起身准备离开大厅。我很夸张地用力鼓掌，动作幅度很大，让他们知道他们现在应该做什么。他们也听话地开始鼓起掌来。突然，我听到一阵欢呼声，好像有上百双鼓掌的手同时在鼓掌。声音越来越响。是朱诺!她从油管上找来一段鼓掌的视频播放起来!我迎向克里勒的目光,他在朝我微笑,我也冲着他笑。鼓掌更起劲了,弄得我的手掌都疼了起来。克里勒站起来,不太敏捷地爬到舞台上,虽然侧面有一个上下的台阶。在他身后,字幕还在滚动,那些文字随着光打到他的脸上。他看了一眼放映厅,大多数人现在都已经离开了,他鞠躬,做了一个手势,示意我们停止鼓掌。大厅里安静下来,除了朱诺手机上的视频,过了一会儿她才成功地把它关掉。

"亲爱的、亲爱的斯卡布莱克居民们,我想要感谢你们所有人今天来到这里,来看我的电影《食肉动物公园》首映。感谢你们和我一起分享了这次经历,感受了雷·施瓦素努勒·伯恩斯坦残酷的命运。对我来说,这意义非凡。我盼望着让这部电影走出国门、走向世界!你们知道,我一直都……"

克里勒沉默了一下,清了清嗓子。他听上去快要哭出来了。

我环顾四周只剩下二十来人了,但所有人看上去都在认真聆听。克里勒·蛋白酥扶了扶眼镜,小心翼翼地把一根手指伸到镜片下。然后,他微笑了,重新把眼镜往鼻梁上推了推,继续说:"我的一生,整整六十六年都有一个梦想,那就是制作一部电影。现在我做到了!我拍出了一部电影!我写了剧本,在欧洲找到了拍摄地点和演员,我进行了拍摄，甚至我自己也可以出现在大银幕上，而且还是主角。我太……我太幸福了，太感恩了。所以我只想对你们说，如果你们有梦想……那就去追吧，不要放弃！即使它也许会花一些时间，即使会需要付出很多努力。但不要放弃！我很高兴，我没有放弃。而且我可以高兴地告诉你们，我已经开始筹备下一部电影了，名字就叫《对老鼠先生的复仇》。它讲的是……"

我看到妈妈焦虑地看着表，然后看见外婆呆滞的目光。我们大家都知道，这大约需要多长时间。

"很不错的名字。"玛伊肯打断说，"但我今天实在没精神再坐在这里了。来吧，克里勒·蛋白酥，我们必须回家啦。"

妈妈笑了，温柔地看着正在离开的玛伊肯。她每走一步浣熊尾巴就上下弹一下。外婆从烟盒里拿出一支烟，只要她跨出大厅的门，她就会立刻把烟点上。她把手臂搭在妈妈肩膀上时，手镯一阵叮当作响。

"我亲爱的汉娜，想想看，那个可怕的嗓音最后还挺有用呢，谁能想到呢？"

尾 声

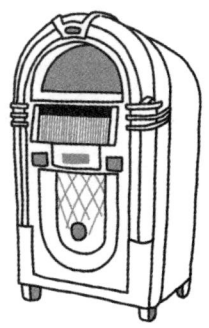

一天夜里,我被一阵突如其来的轰响震醒:

You ain't nothing but a hounddog!
Crying all the time!
(你只不过是条猎犬!
一直在哭!)

我直挺挺地坐在床上,疯狂地向四周观望。房间一片漆黑。我只能分辨出各种影子，从书桌、渔猎标枪到弹珠游戏机。音乐从哪里来的？这听起来就像在我的头脑里播放一样，声音如此之大。波波，当然是波波。我一把扯掉身上的被子，来到走廊里。现在声音更大了。

You ain't nothing but a hounddog!
Crying all the time!
Well, you ain't
Never caught a rabbit
And you ain't no friend of mine!
（你只不过是条猎犬！
一直在哭！
你从没抓过兔子，
也不是我的朋友！）

突然，我身边的门打开了。玛伊肯顶着一头乱蓬蓬的头发出来了，腋下还夹着一个枕头。她看上去也很震惊，而且她很不寻常地一句话都没说。这时，我又听到沉重的脚步声，看见妈妈几乎飞上了楼梯，身上穿着一件旧T恤，头发扎成一个发髻。

"上帝啊，出什么事儿了？！"妈妈说。

Well, they said you was high-classed.

Well, that was just a lie.

(他们说你很高级。

那只是个谎言。)

妈妈跑到波波的房间，打开门，突然在门口处停了下来，导致我和玛伊肯撞到了她的身上。

"波波！你在干什么？"

我努力从妈妈身边挤进去，向房间里望去。房间里灯火通明，亮得我的眼睛都睁不开。除了吊灯，还有床头灯、红黄的熔岩灯以及一闪一闪的迪厅转灯都在亮着。红色、蓝色和绿色的追光旋转地打在墙上、地板上和屋顶上。点唱机看起来像是在震荡。

You ain't nothing but a hounddog!

Crying all the time!

(你只不过是条猎犬！

一直在哭！)

波波坐在床上。一头卷发好像一道笼罩在她头上的光环。"嗨嗨！"她穿透过各种噪音高兴地喊道。

You ain't nothing but a hounddog!

Crying all the time!

(你只不过是条猎犬!

一直在哭!)

"有人能去把这个关上吗?"妈妈试图盖过歌曲咆哮道。

我从她身边挤进屋子里,趴在地板上去拽掉插头。可是插头却很紧,我的手从滑溜的塑料上滑脱了。

Well, you ain't never caught a rabbit

And you ain't no friend of mine!

(你从没抓过兔子,

也不是我的朋友!)

最后的尾音渐渐消失,周围静了下来。这时,我终于拔掉了插头,整个点唱机熄灭了。妈妈迈了一步,走进房间。她困惑地看着波波和波波的床,床上六只动物标本挤在冰激凌甜筒图案的被子下面。我能区分出它们是弗朗茨·猎手、水獭、黄鼠狼巴普洛夫、海狸,还有两只水貂,貂貂和鼬鼬。

现在,外婆和克里勒·蛋白酥也出现在门口,站在玛伊肯的身后。

"波波,"妈妈坐在床沿上说,"你快把我们所有人的魂儿都吓出来啦!你知道的,在上床时间之后你不可以播放这个点唱机。"

这时,令人意想不到的事情发生了。非常突然。波波开口说话了:"动物们睡不着啊!我给它们播放一首摇篮曲,它们喜欢猫王。"

她的话说得很完美,而且带着浓浓的东约特兰口音。非常完美!只有大舌音她发不出来,但是完全不影响。

妈妈看起来像遇见了鬼一样,瞪大眼睛,嘴张成了一个大大的O型。她看看波波,看看我,再看看克里勒、外婆和玛伊肯,他们几个人好像被钉在门口一样。然后她又看看波波,抓住她的手。

"可是⋯⋯可⋯⋯"妈妈有点儿结巴,"你说话了呀?你会说话了?"

"是的,当然了。"波波说。

"可是⋯⋯什么时候开始的?"

波波没有回答,只是给弗朗茨·猎手整理了一下被子。

"可是,我不明白,"妈妈说,"到底怎么回事?"

"啊哈,那现在我要怎么样才能再睡着呀?"玛伊肯似乎对这到底是怎么回事并不关心,而且她对波波突然会说话也并不惊讶。

波波眼前一亮:"我可以再播放一首摇篮曲,玛伊肯!"

她挣开妈妈的手,踮着脚尖来到点唱机前,想要过去把插头重新插好,但我用身体挡住了她的去路。

"不要再播放要命的摇篮曲了。"玛伊肯说。

"可你为什么以前什么都不说呢?"妈妈问,来自迪厅旋转灯的光线在房间里游走,间隔均匀地打在她的脸上,绿色、蓝色、红色。

"她以前可能没有什么可说的?"外婆提示道。

"你也许是在幼儿园学的?"妈妈沉思了一会儿说。

"我跟猫王学的。"波波说,她放弃了从我背后把电线拉过来的企图。

她坐在我的腿上,我两只胳膊搂住她,几乎把头埋进她温暖的脖颈里。

"可是波波,他是用英文演唱的呀。"克里勒反驳说。

波波无忧无虑地抬起头看着他。她从我手臂里滑脱,又爬到床上,挨个亲吻那些动物的鼻子:弗朗茨·猎手、水獭、黄鼠狼巴普洛夫、海狸和两只水貂。然后,她满意地转过身来对我说:"看,希格!奏效了!现在它们睡着了!"